눈물나무

옮긴이 전은경

한양대학교 사학과를 졸업하고, 독일 튀빙겐 대학교에서 고대 역사 및 고전문헌학을 공부했다. 출판 편집자를 거쳐 지금은 독일어 전문 번역가로 일하고 있다. 옮긴 책으로《커피우유와 소보로빵》《리스본행 야간열차》《16일간의 세계사 여행》《캐리커처로 본 여성 풍속사》들이 있다.

DER BAUM DER TRÄNEN

Copyright © 2007 Carolin Philipps
All rights reserved.

Korean translation copyright © 2007 by Tin Drum Publishing Ltd.
Korean translation copyright arranged with Verlag Carl Ueberreuter, Vienna through Book Seventeen Agency, Seoul, Korea.

이 책은 북세븐틴 에이전시를 통해 Verlag Carl Ueberreuter사와 독점계약하여 (주)양철북출판사에서 펴냈습니다. 저작권법에 따라 한국 내에서 보호를 받는 저작물이므로 무단 전재와 복제를 금합니다.

눈물나무

카롤린 필립스 · 전은경 옮김

양철북

네가 마실 수 없는 물은 흘러가게 두라
- 멕시코 속담

이야기의 시작

길을 오가는 동안 시체나 유골을 본 사람은 우리에게 전화를 걸어 발견 장소를 되도록 정확하게 말해 주십시오. 모든 사람은 존엄하게 묻힐 권리가 있으니까요. 전화는 무료입니다.

전화번호: 866-376-3010

루카는 국제인권위원회에서 알리는 글을 두 번 읽으며 배낭을 꽉 끌어안았다.

존엄하게 묻힐 권리? 루카는 자기가 전화를 건 뒤에 위원회의 직원들이 지프차를 타고 사막을 가로질러 가는 모습을 상상해 보았다. 여러 차례 덤불을 지나다 두 번째 모래언덕 뒤에서 차를 멈추고 땅을 파기 시작할 것이다.

남아 있는 게 많지는 않을 것이다. 게다가 루카는 무덤의 정확한 위치도 제대로 이야기할 수 없었다. 제대로 말할 수 있는 사람은 에밀리오 형밖에 없지만, 형은 사막에서 죽은 사람들에 대해 또 한 번 이야기하느니 차라리 혀를 깨물려고 할 터였다.

루카는 자기가 2주 전부터 머물고 있는 티후아나의 카사 델 미그란테(이민자의 집) 안마당의 게시판 앞에 서서, 거기 붙어 있는 쪽지들을 읽었다.

미국 국경을 넘으려고 시도하면 목숨이 위험합니다!

멕시코 정부의 경고장도 붙어 있었다.

루카는 사막의 기온이 낮에는 35도 이상 오르고, 밤에는 5도로 떨어진다는 사실을 경험으로 알고 있었다. 또 강도를 만난다는 것도 직접 경험하여 알고 있었으며, 이른바 안전하게 국경을 넘게 해준다는 안내자들에 대해서도 할 말이 많았다. 그 사람들에 비하면 뱀과 전갈은 차라리 위험하지 않았다. 그들은 사람이 건드리지 않는 한 먼저 공격하지 않으니까.

지난 10년 동안 3,500명 이상의 멕시코인들이 불법으로 미국 국경을 넘다가 사망했습니다.

정부의 경고가 이어졌다.

루카의 아빠도 그런 사람들 중 한 명이었다. 그러나 아빠는 아마 사망자 명단에 오르지 못한 숱한 사람 가운데 한 명이기도 할 것이다.

"너도 사람 찾는 광고를 내는 게 어때?"

루카는 소스라치게 놀랐다. 불쑥 나타난 베니토가 옆에 서서, 행방불명 된 가족과 친구들을 찾는 쪽지들이 붙어 있는 게시판을 손가락으로 가리켰다. 베니토는 카사 델 미그란테 부엌에서 1년 동안 자원봉사를 하는 여섯 사람 가운데 하나였다. 루카는 베니토를 좋아했다.

"네 아빠와 형도 행방불명이잖아."

"죽었어."

루카는 그렇게 대답하며 배낭을 더욱 바짝 끌어안았다.

"어떻게 알아? 베르나도를 봐! 모두 베르나도가 죽은 줄 알았지만 여기 걸린 사진을 누군가 보았잖아. 이제 베르나도의 가족은 그가 건강하게 로스앤젤레스에 살고 있다는 걸 알게 됐어. 국경을 넘는 데 성공한 거야!"

"하지만 우리 아빠와 형은 죽었어. 아빠는 내가 봤고, 우리 형도… 죽었어. 어쨌든 나한테는 죽은 거나 마찬가지야."

베니토는 마지막 말이 이상하다는 듯이 루카를 바라보았다. 끔찍한 경험을 했을 테고, 그런 자기 이야기를 하기 싫어하는 사람들은 여기 카사에 흔했다. 베니토는 더 이상 묻지 않고 저녁을 준비하러 부엌으로 갔다.
　루카는 안마당 벤치에 앉아 친구 마누엘을 기다렸다. 먼 곳에서 거리의 소음이 들렸다. 끼익 하는 자동차 바퀴 소리, 경적 소리, 사람들 목소리. 루카가 앉아 있는 안마당은 사방이 4층짜리 건물로 둘러싸여 있었다. 안마당과 건물들은 계단으로 연결되었고, 거기서부터 60명의 집 없는 이민자들이 묵는 방들이 시작되었다. 1층에는 세탁실과 커다란 부엌, 식당이 있었다. 입구 위쪽에 반짝이는 붉은색 글씨가 커다랗게 쓰여 있었다.

이민자를 부양할 수 있는 나라가 그의 조국이다!

　문으로 들어갈 때마다 루카는 잠깐 서서 그 글을 읽었다. 루카는 자발적으로 멕시코로 돌아왔다. 그러나 여기서 살아가는 데 필요한 만큼의 돈을 벌 수 있는 일자리가 찾아질지는 미지수였다.
　루카의 눈길은 마당을 계속 훑다가 한가운데 서 있는 늙고 큰 나무로 향했다. 그 나무의 가지는 4층 높이까지 튼실하게 뻗어 있었다.
　"엘 아르볼 데 라그리마스(눈물나무)."
　카사에 있는 사람들은 이 나무를 그렇게 불렀다. 사람들은 밤에 이곳에 모여 담배를 피우고 이야기를 나누었다.

"이 나무에는 빗물이 필요하지 않아. 우리 이야기와 여기서 흘린 눈물만 먹고도 자라지."

마누엘이 해 준 말이었다.

루카도 이곳에 온 뒤로 매일 저녁 이 나무 밑에서 다른 사람들의 이야기에 귀를 기울였다. 모든 사람이 국경을 건너던 이야기를 했다. 어떤 사람은 한 번, 어떤 사람은 두 번, 또 다른 사람은 이미 여러 번…. 이 사람들의 이야기에는 실패한 시도라는 하나의 공통점이 있었다. 여기 나무 아래에 앉아 있는 사람들은 국경을 건너는 데 성공하지 못한 사람들이었으니까.

루카는 다른 사람들이 하는 말을 듣기만 했을 뿐, 지금까지 자기 이야기는 하지 않았다. 자기가 겪은 일을 표현할 적당한 말을 찾을 수 없었다.

루카는 낮 동안 주유소에서 일하는 마누엘을 기다리는 중이었다. 이제 두 시간 뒤면 입구의 격자문이 열리고, 마누엘뿐 아니라 몇 시간 전부터 집 앞에서 기다리던 아이들과 청소년들과 어른들이 밀려들어 올 것이다.

카사는 멕시코와 미국 국경에서 200미터도 채 떨어지지 않은 샛길에 있었다. 2미터 높이의 금속 담장은 미국 쪽 탐조등 탑을 제외하고는 인근에서 가장 높았다. 담장은 강과 평행을 이루고 있었다. 강은 국경을 넘으려는 망명자들에게 또 하나의 장애물이었다.

카사의 문은 매일 오후 3시에 도움이 필요한 모든 사람을 위해 열렸다. 사람들은 깨끗한 침대에서 잘 수 있었고 샤워도 할 수 있었으며, 아침과 저녁 식사를 제공받고 갈아입을 옷도 받았다. 감옥에서 나오거나 사막에서 금방 온 사람들 대부분에게 당장 필요한 진료도 받을 수 있었다. 또한 일자리를 찾거나 행방불명된 가족을 찾을 때도 이곳의 도움을 받았다.

이 집의 문은 낮에는 닫혀 있다. 공사장이나 주유소 조수 같은 일자리라도 찾으라고 카사에서는 모두에게 권장하기 때문이다. 다른 일자리는 없었다. 대부분의 사람들은 다시 한 번 국경을 넘는 시도를 하거나, 또는 실망하여 멕시코나 라틴아메리카 어딘가에 있는 고향으로 돌아가기 전까지 며칠 동안만 이곳에 머물렀다.

루카는 엄마 소식이 곧 들려올 수도 있었으므로, 예외적으로 낮에 카사에 있어도 좋다는 허락을 받았다. 그래서 배낭을 꼭 끌어안은 채 벤치에 앉아 있었다. 루카는 배낭을 한 순간도 품에서 내려놓지 않았다. 그 안에 무엇이 들었는지 아는 사람은 루카 말고는 마누엘뿐이었다.

루카가 2주 전에 이곳 카사에 왔을 때, 마누엘은 밥 먹을 때도 배낭을 내려놓지 않는 루카를 저녁 내내 놀렸다.

"보물이라도 들었어?"

마누엘이 물으며 배낭을 두드리는 바람에 루카는 손으

로 배낭을 보호하려는 듯이 감쌌다.

식사 뒤에 루카가 다섯 명의 다른 소년들과 공동으로 쓰는 방에 돌아오자마자 마누엘이 친구들과 함께 나타났다.

"여기는 비밀이 없어. 비밀을 지키고 싶었다면 들어오지 말고 바깥에 있었어야지. 여기에서는 모든 것을 함께 나눠."

마누엘이 신호를 보내자 아이들이 루카를 꼼짝 못 하게 붙잡았다.

마누엘이 배낭을 열었다. 그 안에 들어 있는 신문지를 보자 마누엘이 실실 웃으며 루카에게 말했다.

"네 보물은 아주 깨지기 쉬운 모양이지?"

신문지를 들어 올린 마누엘이 몇 초 동안 배낭 안을 뚫어지게 내려다보았다. 루카는 마누엘의 눈이 커지고 실실거리던 웃음이 얼굴에서 사라지는 모습을 가만히 지켜보았다. 마누엘은 아무 말도 하지 않고, 아주 조심스럽게 신문지를 다시 넣고는 지퍼를 닫았다.

"보물은? 어떻게 된 거야?"

마누엘 친구 가운데 한 명이 조바심을 참지 못하고 물었다.

"너희가 참견할 일이 아니야. 이제 루카를 놓아 줘."

아이들이 거칠게 따져 묻기는 했지만, 마누엘은 대장 같은 존재였으므로 더 이상 어찌지 못하고 툴툴거리면서 루카를 옆으로 밀어냈다.

"도대체 뭐야? 보물이 있다고 난리를 피워 놓고서는!"

마누엘이 문 쪽으로 갔다.

"그냥 내버려 둬. 그리고 이제부터 루카는 내 보호 아래 있다!"

아이들이 방에서 나가자 루카는 안심하며 숨을 크게 내쉬었다. 그러고는 배낭을 꼭 끌어안으며 작은 목소리로 말했다.

"고마워!"

마누엘은 이때부터 루카를 돌보았고, 자기가 배낭 안에서 본 것에 대해 굳게 입을 다물었다. 그리고 11월 1일 저녁과 그 다음 날 밤에 멕시코 전 지역에서 벌어지는 축제를 여기서도 하자는 아이디어를 낸 사람도 마누엘이었다. 일을 하고 돌아오는 길에 필요한 것을 모두 사오겠다는 약속도 했다.

루카는 눈을 감았다. 티후아나의 거리를 걷지 않아도 그날 그곳이 어떤 모습일지 잘 알 것 같았다. 알록달록한 화환, 화려하게 장식한 레스토랑, 분장을 한 채 여기저기 기분 좋게 돌아다니며 지나가는 사람들에게 농담을 건네는 사람들, 축제 분위기에 휩싸인 즐거운 사람들. 멕시코 전국이 몇 주 전부터 그랬다.

마누엘은 카사가 이미 몇 시간 전부터 배고프고 지친 사람들로 들끓는 저녁 식사 시간 직전에야 돌아왔다. 두 손에는 축제에 필요한 물건들이 가득 담긴 비닐봉지를 들고 있었다.

마누엘은 시장에서 사 온 물건들을 루카의 침대 위에 늘어놓았다. 노랑과 빨강, 초록색 종이로 만든 화환, 작은 빵, 게다가 노란 꽃도 있었다. 마지막으로 설탕 시럽으로 만든 해골 두 개를 비닐봉지에서 꺼냈는데, 거기에는 루카와 마누엘의 이름이 쓰여 있었다. 우정의 징표였다.

사람들 대부분이 자기 방으로 돌아간 늦은 저녁, 루카와 마누엘은 큰 나무 아래에 돌과 나무 조각으로 제단을 쌓았다. 화환은 나뭇가지에 걸었다. 그런 다음 설탕 시럽으로 만든 해골과 판 데 무에르토(죽은 자들의 빵)를 진열했다.

루카는 나무 둘레에 둥글게 촛불을 켜고, 배낭을 열어 겹쳐진 신문지를 꺼냈다. 그러고는 조심스럽게 해골을 꺼내 제단 중앙에 올려놓았다. 마누엘이 해골 위에, 그리고 눈과 코가 있던 구멍에 노란 꽃잎을 뿌렸다.

"이 남자 담배도 피웠어? 아니면 남자가 아니라 여자였나?"

마누엘의 물음에 루카가 대답했다.

"남자야! 돈이 생기면 언제나 피웠지. 물론 돈이 생길 때가 드물기는 했지만."

"내일 다시 빈털터리가 되더라도 오늘은 성대하게 축제를 치르자. 엘 디아 데 로스 무에르토스(죽은 자들의 날)!"

마누엘은 이렇게 말하고 주머니에서 담배를 꺼내 불을 붙여 해골의 입에 물려주었다.
"죽은 사람도 함께 축제를 지내는 거야!"
마누엘은 이 해골이 누구의 것인지 아직도 묻지 않았다. 루카에게 아주 중요한 해골이라는 것, 보물이라도 되는 듯 언제나 루카가 가지고 다닌다는 그것만으로도 충분했다.
촛불을 본 다른 사람들도 차츰 제단으로 모여서 나무 아래가 꽉 찼다. 사람들은 모두 뭔가를 가지고 왔다. 초와 친구나 친척들의 이름이 적힌 작은 관 모양의 아몬드 과자 같은 것들이었다. 어둠 속에서 빛나는 형광 철사로 만든 해골도 나무에 걸었다. 해골은 유령처럼 이리저리 흔들렸다.
호르헤가 베니토에게 빌린 아코디언을 가지고 왔다.

"오늘 난 국경을 넘네
내 머리 위에는 푸른 하늘,
발밑에는 사막의 노란 모래"

호르헤의 목소리는 무척 아름다웠다. 다른 사람들은 작은 소리로 멜로디를 따라 흥얼거렸다. 사막을 지나 국경을 넘은 적이 한 번도 없는 사람이 쓴 가사인 모양이다. 국경을 넘으려는 사람들의 목숨을 앗아가는 위험에 대해서는 전혀 언급이 없다.

"너 마리아치(멕시코의 전통 가수나 악단)가 될 걸 그랬다!"
코스타가 말했다.

"우리 삼촌이 늘 이 노래를 불렀어. 삼촌은 밴드에서 연주를 했지. 그 밴드는 미국에 가면 돈을 더 벌 수 있을 거라며 국경을 넘어갔어…."

그래서 그 밴드가 지금 어떻게 되었느냐고 아무도 묻지 않았다. 호르헤의 침묵이 대답이 되고도 남았으니까.

"고향에서도 지금 모두 한자리에 있을 거야… 묘지에."
일순간 조용하게 입을 닫은 사람들을 향해 가브리엘이 말했다.

"우리 동네에서는 매년 돈을 걷어서 마리아치 밴드를 불렀어. 묘지에서 연주를 하도록 말이야."

"우리 할머니가 굽는 '죽은 자들의 빵'은 최고였어!"
프란시스코가 말했다.

"이날 밤 묘지에서 일 년 중 가장 많은 음식을 먹었지."
루카가 가족과 함께 '죽은 자들을 위한 축제'를 치른 것도 벌써 몇 년 전의 일이었다. 가족이 함께 살던 그때, 루카는 해골로 분장하고 친구들과 함께 공동묘지에서 무덤 사이를 돌며 밤새 춤을 추었다.

"우리 볼리비아에는 죽은 가족의 해골을 거실에 놓아두는 사람이 많아."
로베르토가 말했다.

"작은 나무 상자에 든 우리 할아버지 해골도 1년 내내 거실 장에 놓여 있었어. 그러면 할아버지는 우리에게 무슨 일이 일어나는지 지켜보며, 우리를 보호해 줄 수 있으니까. 우리 엄마는 매년 11월 8일에 칼라베라(해골)를 꺼내서 꽃으로 장식했어. 그런 다음 우리는 그걸 들고 성당으로 갔지. 성당에서 신부님이 축복을 내린 뒤에, 악대와 함께 모두 묘지로 가서 먹고 마시며 축제를 치렀어. 라 피에스타 데 라스 냐티타스(작은 코(해골을 일컫는 말)의 축제)!"

로베르토가 입을 다물었다. 그의 상상은 며칠 뒤면 가족이 함께 모여 자기 없이 축제를 치르게 될 볼리비아로 날아간 모양이었다.

"우리 마을에서 가장 멋진 건 닭싸움이야."

하손이 말을 꺼냈다.

"난 언젠가 우리 파트론(주인)의 닭을 훈련시킨 적이 있어. 내가 구할 수 있는 가장 예리한 금속 칼날을 닭의 다리에 묶었지. 우리 닭이 승리해서 난 페소(멕시코의 화폐 단위)를 엄청나게 벌었어."

루카는 각자 자기 가족과 마을의 축제를 설명하는 다른 사람들의 말을 듣고 있었다. 루카가 가장 좋아했던 것은 대림절 때의 포사다(성탄절 전의 전통적인 축제 분위기)였다. 그때 엄마는 친척과 친구, 이웃을 모두 초대했고, 모인 사람들은 함께 음식을 먹고 노래도 불렀다. 루카의 엄마는 마을에서 가장 맛있는 타말(옥수수가루 반죽에 속을 채운 음식)을 만들었다. 루카의 입에 침이 고였다.

그때 어둠 속에서 갑자기 해골이 나타나 촛불 주위를 한 바퀴 돌며 요란하게 춤을 추더니, 나중에는 마누엘의 손을 잡고 눈물나무를 돌며 함께 춤을 추었다. 해골 복장을 시내에서 사 가지고 온 라울이었다.

마지막에는 사람들이 모두 일어나 나무 주위를 돌며 떠들썩하게 춤을 추다가 지쳐서 땅바닥에 쓰러졌다. 그러고는 아침까지 함께 앉아서 가족과 함께 보낸 아름답고 즐거웠던 축제 이야기를 했다. 국경까지 먼 길을 떠나오기 전에 보낸 시간들이었다.

목숨이 위험해질 상황을 만들지 마시오!
여러분이 살아 있어야만
집에 있는 가족을 도울 수 있습니다!

정부가 큰 글씨로 쓴 경고문이었다.
루카는 마누엘이 코앞에 내민 전단지를 읽었다.
"쓸 테면 마음대로 쓰라고 해. 말로 배가 부르지는 않으니까. 국경을 넘어가야 배부를 수 있어. 난 다음 주에 다시 한 번 시도할 거야. 너도 같이 갈래?"
마누엘이 어떻게 하겠느냐는 표정으로 루카를 바라보

앉다.

"같이 가면 성공하기도 더 쉬울 텐데."

루카가 고개를 저었다.

"경고문 때문에 겁이 나서 그래? 정부는 그저 자기들 마음 편하려고 그런 말을 하는 거야. 우리에게 여기서 살 수 있다는 희망을 줄 수 없으니까."

마누엘이 구겨서 던진 전단지는 크게 포물선을 그리며 담장 너머로 날아갔다.

루카는 다시 고개를 저었다. 정부의 경고문은 전혀 무섭지 않았다. 루카가 경험한 일은 끔찍했다. 하지만 그때, 위험을 미리 알았다 하더라도 루카는 국경을 넘어갔을 것이다. 아빠나 엄마, 누나와 형들처럼. 아빠만 빼고 다른 식구는 모두 살아남았다.

루카는 그 모험이 과연 그럴 만한 가치가 있었느냐는 질문을 머릿속에서 밀어냈다. 대답이 없는 문제였으므로. 어쨌든 지금으로서는 그렇다. 루카가 다시 한 번 시도를 하지 않으려는 이유는 두려움 때문이 아니었다.

루카는 얇은 나무판 두 개로 방금 만든 십자가의 중간에 망치로 못을 박았다. 하얀 나무판 조각 하나가 부서져 자기 이마에 튈 때까지 망치질을 멈추지 않았다. 살짝 따끔했는데, 그게 루카의 분노를 더욱 부채질했다. 루카는 얇은 나무판이 갈라지도록 망치를 여러 번 내리쳤고, 십자가는 여러

토막으로 부서졌다.

 루카의 모습을 말없이 죽 지켜보던 마누엘이 발로 부서진 나무토막을 옆으로 밀어놓고, 새 나무판 두 개를 내밀었다.
 "이게 마지막 나무판이야. 십자가는 누구 거야? 저 해골을 위한 건가?"
 루카가 고개를 끄덕이고, 이번에는 아주 조심스럽게 나무판 두 개의 중간에 못질을 했다. 그런 다음 검은색 물감이 들어 있는 그릇에 붓을 담갔다가 십자가 위에 글씨를 썼다.
 '피에드로 로드리게스, 배신당해 사망.'
 "배신?"
 마누엘이 놀라서 루카를 바라보았다.
 루카가 그를 올려다보며 대답했다.
 "배신. 사막에서…."
 십자가를 내려다보던 루카의 마음속에 다시 분노가 일었다. 루카는 8년 동안 아빠를 다시 만날 꿈을 꾸었다. 그러나 그 꿈은 이제 해골과 하얀 십자가만 남긴 채 사라져 버렸다.
 "우리 할머니는 아스텍족이었어."
 마누엘이 낮은 목소리로 말했다.
 "할머니는 언제나 죽음이 끝이 아니라 새로운 인생의 시작이라고 말씀하셨지. 영혼은 계속 살아 있으니까 말이야. 다른 사람들의 기억 속에 살아 있는 한, 죽은 사람은 정말 죽은 게 아니래. 기억에서 사라지면 그때 정말 죽은 거라고."

루카는 십자가가 햇빛을 받도록 내려놓고 나무의 아래쪽, 마누엘 옆에 앉았다. 그러고는 땀이 배어 나온 얼굴에서 눈물을 훔쳤다. 검은색 물감이 마르기를 기다리는 동안, 루카는 이야기를 하기 시작했다….

1

 루카가 노갈레스에 도착하여 술집 앞에 내렸을 때는 이미 어두워진 뒤였다.
 "미국에 가서 부자가 되거든 우릴 잊지 마! 비바 메히코(멕시코 만세)!"
 작별 인사를 전하며 라몬이 루카의 어깨를 다정하게 두드리고는 다시 지프차에 올랐다.
 루카는 차가 먼지 구름을 일으키며 다음 모퉁이를 돌아 사라지는 모습을 눈으로 좇았다. "비바 메히코!"를 외칠 기분이 아니었다.
 열려 있는 문을 통해 어두운 술집으로 조심스럽게 들어서면서, 루카는 배낭을 팔에 꼭 안았다. 매캐한 담배 연기 사이로 물체를 구별할 수 있게 될 때까지는 한참 시간이 걸렸다. 아직 이른 시간이라 탁자 앞에는 사람들이 별로 없었지만, 무대에서는 이미 마리아치들이 노래 부를 준비를 하고 있었다.

루카는 빈자리에 앉아서 마냥 기다렸다. 누구를 기다려야 하는지도 몰랐다. 처음에는 아무도 그에게 관심을 기울이는 사람이 없었다. 그러다가 판매대 뒤편에 있는 여자가 머리로 누군가에게 루카 쪽을 가리켰다. 또 한참이 지난 뒤에 테킬라 병과 술잔 두 개를 든 남자가 루카 옆에 와서 앉았다.

"그 남자는 일거리를 구했어
그의 아이들은 배가 고팠다네
그래서 그는 사막으로 갔지
거기서 – 죽었다네"

앞쪽 무대에서 마리아치들이 어떤 멕시코 사람의 운명을 노래했다.

"노래 속의 남자는 코요테(사막에서 망명객을 인도하는 안내자)와 같이 갔어야 해. 사막은 편하게 산책하는 곳이 아니거든."

남자가 술잔 두 개에 술을 가득 따라 하나를 루카에게 건넸다.

"무차초(소년), 널 위해 건배!"

그가 이렇게 말하더니 자기 술잔을 단숨에 비웠다.
루카는 어쩔 줄 모르고 술잔을 바라보다가, 냄새를 맡고 코를 찡그렸다.
남자가 웃었다.
"너 국경을 넘으려는 거로구나. 베르다드(그렇지)?"
"예."
"난 아이와는 거래를 하지 않는다. 그러니 네가 성인이라면 어서 마셔라."
술은 끔찍한 맛이었다. 루카의 목에서 불이 났다. 남자가 술을 한 잔 더 따랐다.
"아미고(친구), 건배!"
루카는 이번에는 망설이지 않고 바로 꿀꺽 마셨다. 따뜻한 기운이 온몸에 퍼졌다.
"천 달러야. 돈 있어?"
루카가 고개를 끄덕였다. 루카와 할머니는 돈을 많이 쓰지 않았다. 생활비는 엄마가 보내 주는 달러로 충분히 해결했다. 에밀리오 형이 보내는 돈은 엄마가 돌아오는 날 잔치를 열기 위해 저축했다.
"내일 아침 일곱 시에 술집 뒤로 와라. 시간을 정확하게 지켜야 해. 돈을 가지고 와."
남자는 자기가 있던 자리로 돌아갔고, 루카는 약간 비틀거리며 술집을 나왔다. 내일 절대 늦으면 안 된다고 했으니,

술집 안마당에서 잘 생각이었다.

안마당은 어두웠다. 한쪽 구석에 화톳불이 타고 있었고, 그 주위로 남자와 여자 몇몇이 둘러서 있었다. 몸을 웅크리고 바닥에 누운 사람들도 있었다. 잠이 든 모양이었다. 루카는 사람들과 조금 떨어진 곳에 자리를 잡고 앉아 배낭에서 말린 생선 한 토막을 꺼냈다.

"너도 넘어가려는 거냐?"

한 남자가 물었다. 루카가 고개를 끄덕였다.

"내일 아침에요."

"코요테가 아주 유능하대. 이 인근에서 가장 뛰어나다고 하더라."

다른 사람이 그 말을 받았다.

"사막에서 자랐다더군. 모래에 난 흔적을 책을 읽듯이 읽는대. 그런데 넌 어디서 왔지?"

"소노라주의 산 에스테반에서요. 아저씨는요?"

루카가 물었다.

"치와와에서. 일자리라고는 전혀 없는 빌어먹을 동네지."

어둠 속에 있던 다른 사람들도 일어났다. 모두 스무 명이었다. 멕시코 곳곳에서 왔고, 엘살바도르와 과테말라, 니카라과에서 온 사람들도 있었다. 온두라스에서 온 안드레스는 기차로 멕시코를 관통해서 여기까지 왔다.

"왜 기차로 더 가지 않았어요?"

"너무 위험해서. 그링고(라틴아메리카 사람들이 미국인을 경멸하여 부르는 말)들이 컨테이너를 모두 검사하거든. 여기까지 오는 데 반 년이 걸렸어."

안드레스가 말을 이어갔다.

"두 번이나 멕시코 경찰한테 잡혀서 온두라스 국경으로 쫓겨났지. 멕시코 경찰은 그링고 못지않게 불법 이민자들에게 엄격해."

"얼마 전에 불법 이민자들 서른 명이 기차 컨테이너에서 질식해 죽었다더라."

과테말라에서 온 페드로가 말했다.

"코요테가 돈을 받고서 역에 서 있는 화물차의 빈 칸 문을 열고 사람들을 들여보냈다더군. '내일 아침에 국경 건너편에서 여러분을 데리러 오겠소!' 이렇게 말하고는 오지 않았다는 거야. 안에 있던 사람들은 모두 질식사했대."

"나도 그 소문 들었어! 그래서 난 걸어가려는 거야. 혹시 무슨 일이라도 일어나면 내 눈으로 직접 볼 수 있으니까."

모인 사람들이 모두 한마디씩 이야기를 했다. 낙원의 일자리를 찾아서 고향을 떠나려던 사람들에 대한 이야기였다. 해피엔딩이 없다는 게 모든 이야기의 공통점이었다. 이야기의 마지막에는 죽음이나 국경경찰이 있었다. 국경경찰은 사람들이 이제 성공했다고 생각하는 바로 그 순간, 덤불에서 나타나 모든 희망을 깨 버렸다.

"하지만 우리 엄마와 누나는 성공했어요."

루카가 말했다.

"지금 로스앤젤레스에 있어요. 우리 형도 거기 있고요."

"축하한다. 하지만 네 가족 가운데 그 전에 시도해 본 다른 사람도 있을 게 아니냐?"

"아빠랑 에밀리오 형…. 두 사람이 어디에 있는지는 몰라요. 혹시…."

"틀림없이 사막에 누워 있겠지. 하지만 네 가족은 평균적으로 볼 때 운이 좋았던 거야. 우리 형 가족은 모두 총에 맞아 죽었어. 그링고들이 토끼인 줄 알았다더군."

"그 놈들 중에 한 명이라도 내 손에 걸리기만 하면…."

"그 사람들이 왜 우리에게 총을 쏘는 거죠?"

"애, 넌 국경 너머에서 어떤 일이 우리를 기다리는지 전혀 모르는구나, 그렇지? 국경을 일단 넘기만 하면 만사형통이라고 생각했니? 낙원은 네 꿈속에나 있어. 농장 주인에겐 우리가 필요해. 자기 나라 사람들보다 우리 노동력이 싸니까. 하지만 우리처럼 검은색 머리카락에 에스파냐어를 쓰는 멕시코 사람들을 싫어하는 그링고들도 엄청나게 많아. 물론 바로 총을 쏘는 사람은 아주 드물지. 어쨌든 총알을 넣어 쏘는 사람은 많지 않다는 소리야. 하지만 네가 언젠가 아이들을 위해 돈을 벌기 원한다면, 차라리 여기 그냥 남아 있는 게 좋아."

루카는 잠깐 동안 정말 그렇게 하는 것이 좋을지도 모르겠다는 생각을 했다. 하지만 어디로 갈 수 있을까? 가족 또는 가족 중에 남은 사람들은 이제 국경 너머에서 살고 있다. 어쩌면 사람들 말처럼 사정이 그렇게 나쁜 것만은 아닐지도 모른다. 국경을 넘는 데 성공하지 못해서 실망한 사람들의 평계에 불과할 수도 있지 않은가.

"국경을 건너가면 그렇게 끔찍하다면서, 그럼 아저씨들은 왜 여기에 있지 않고 넘어가려는 거예요?"

잠깐 동안 아무도 입을 열지 않았다.

"그래도 멕시코에서 굶어 죽는 것보다는 나으니까."

페드로의 말에 다른 사람들이 모두 고개를 끄덕였다.

2

 다음 날 아침 페드로가 흔들어 잠에서 깬 루카는, 지치고 배 고프고 추워서 온몸이 뻣뻣했다.
 "일어나, 이 잠꾸러기야. 픽업트럭은 우리를 기다려 주지 않아."
 어제 술집에서 보았던 남자가 트럭 앞에 서서 사람들이 차에 올라타기 전에 한 명씩 악수를 했다. 루카는 지폐로 가득한 그 남자의 손에 자기가 내야 할 천 달러를 더 얹었다.
 그 남자가 운전석에 올라타더니 조수석에 앉은 다른 남자와 돈을 나누었다. 다른 남자의 얼굴은 솜브레로(챙이 넓은 모자)에 가려 보이지 않았다.
 "코요테야! 사람들이 그러는데, 저 남자는 밤에도 길을 찾을 수 있대."

페드로의 말에 루카가 대꾸했다.

"엄청난 부자겠네요."

페드로가 고개를 저었다.

"아니, 코요테도 돈의 일부만 받아. 나누어야 할 사람이 많으니까. 운전사, 술집 사람들, 미국으로 가면 또 우리를 농장까지 데려다 줄 그곳 운전사, 거기다가 우리를 못 본 척 눈감아 줄 국경경찰들에게도 돈을 나눠 줘야 하니까."

차는 그 동네를 벗어나 모랫길을 따라 동쪽 사막으로 갔다. 30분 뒤에는 모두 차에서 내렸다. 여기서부터는 걸어가야 했다. 사람들은 자기가 매년 사막에서 죽어가는 수백 명 중 하나가 되지 않기를 바랐다.

루카는 마지막으로 차에서 뛰어내렸다. 다른 사람들은 이미 낮은 목소리로 환영 인사를 하는 코요테 주변에 모여 있었다.

"우린 이틀 동안 걸을 겁니다. 국경 근처에 도착하면 밤이에요. 내 뒤에 바짝 붙어서 오세요. 뒤처지는 사람은 길을 혼자서 찾지 못해요. 길을 잃는다는 게 무슨 뜻인지 여러분도 잘 알 거예요."

루카는 그 자리에 못 박힌 듯이 서서 듣고 있었다. 그러나 루카가 듣는 것은 코요테의 말이 아니라 목소리였다. 벌써 몇 년 동안 듣지 못했던 목소리….

루카가 천천히 앞으로 나갔다. 코요테의 얼굴은 큰 모자에 반쯤 가려 있었다. 루카는 다른 사람들을 밀치고 앞으로 나가서 코요테 앞에 섰다.

루카를 본 코요테의 눈이 휘둥그레졌다. 그 눈에서 그가 엄청난 충격을 받고, 소스라치게 놀랐다는 것을 알 수 있었다.

그러나 루카는 기쁨으로 제정신이 아니었다.

"에밀리오 형! 여기 있었구나! 왜 한 번도 편지를 보내지 않았어?"

코요테는 여전히 아무 말도 없이 루카를 뚫어지게 바라보기만 했다.

"두 사람 가족 모임은 나중에 하시는 게 어때? 우리 어서 출발해야 하잖아. 날이 더워지기 전에!"

페드로가 조급하게 말하자 다른 사람들도 어서 떠나자고 재촉했다.

"바모스(갑시다)!"

코요테가 이렇게 말하고 휑 하니 출발했다. 그는 모랫길을 달리다시피 북쪽으로 향했다. 다른 사람들은 거의 따라갈 수 없을 정도였다.

"이것 참 힘들어지겠군."

루카 옆에서 발걸음을 재촉하던 페드로가 말했다.

"갑자기 형이라니? 그리고 저 사람 왜 저렇게 급하대? 다시 만난 걸 별로 반가워하지 않는 것 같은데?"

"난 형이 여기 있는 줄 몰랐어요. 형은 벌써 몇 년 전에 집을 떠났고, 편지 한 번 보내지 않았으니까요. 우린 형이 미국 어딘가에 있을 거라고 생각했어요. 언제나 돈을 부쳤거든요."

"네 형이 소문처럼 그렇게 사막을 잘 안다면, 토마토 농장에서 일하는 것보다 여기서 훨씬 돈을 잘 벌 거다."

"형은 사막을 잘 알아요!"

루카가 말했다. 루카의 형제자매들에게는 훌륭한 선생님이 있었다. 아빠였다. 그런데 에밀리오 형은 왜 편지를 보내지 않았을까? 왜 한 번도 집에 오지 않았을까? 여기서부터 집까지는 주머니에 돈 한 푼 없어도 이틀이면 충분한데.

루카는 더 이상 참을 수 없었다. 형을 만났다는 게 실감 나지 않았다. 엄마가 얼마나 기뻐하실까! 어쩌면 로스앤젤레스에 같이 가자고 형을 설득할 수도 있을 것이다.

루카는 앞에 있는 에밀리오 형에게로 달려 나갔다. 물어볼 게 너무나 많았다.

"형, 왜 편지를 한 번도 쓰지 않았어?"

"정해진 주소가 없었어."

에밀리오는 곁눈으로 루카를 힐끗 보고는 얼른 시선을 돌렸다.

"하지만 우리 집 주소는 확실했잖아! 형이 보내는 돈은 언제나 도착했지만, 편지는 한 번도 들어 있지 않았어! 엄마가 얼마나 걱정했는지 알아? 우리 모두 걱정했어. 어쩌다 돈이 안 올 때는 형이 아프거나 죽은 건 아닌지 정말 불안했단 말이야!"

"어떻게 지내셔?"

"누구? 엄마? 엄마는 지금 로스앤젤레스 마르타 이모네 계셔. 나도 거기 가려고 해. 형도 같이 가는 게 어때? 형은 로스앤젤레스에서 틀림없이 일자리를 얻을 수 있을 거야. 그럼 모두 함께 살게 되잖아… 아빠만 빼고."

에밀리오는 아무 말도 하지 않았다.

"우린 아빠가 어디 계신지 몰라."

루카가 말을 이어갔다.

"아빠한테서 소식을 듣지 못했어. 아빠가 돌아가셨다는 소문도 있지만, 난 믿지 않아. 여기 노갈레스에서 사막을 건너다가 돌아가셔서 묻혔다는 소문이야. 형은 뭐 들은 거 없어?"

"루카, 나중에 얘기하자. 지금 말고."

에밀리오는 이마에서 땀을 훔쳤다.

"지금은 얘기할 때가 아니야."

에밀리오가 다른 사람들 쪽으로 몸을 돌렸다.

"빨리 와요! 좀 더 빨리 걸어요!"

루카는 형과 보조를 맞추려고 애쓰면서 형이 지금 몸이 좋지 않은 것 같다고, 아파 보인다고 생각했다.

처음 몇 시간은 꽤 속도를 낼 수 있었다. 모래와 몇몇 가시덤불 말고는 주변에 아무것도 없었다. 해가 높이 솟아오를수록 사막에서 먼지가 더 많이 날렸고, 사람들은 점점 더 말이 없어졌다.

에밀리오는 세 시간 뒤에 처음으로 쉬라고 말했다. 덤불이 몇 그루 있는 모래언덕이 가까워질 무렵이었다. 덤불 그림자는 짧게 휴식하는 사람들에게 그늘이 되어 주었다.

"30분 동안 휴식입니다. 30분 뒤에는 다시 가야 해요!"

다른 사람들이 빠른 걸음으로 덤불 쪽으로 가는 동안, 에밀리오가 루카의 팔을 잡았다.

"여기 있어."

에밀리오가 모래를 가리키며 말했다.

"말이야?"

루카가 발자국을 자세히 살펴보기 위해 무릎을 꿇고 앉은 형을 바라보았다.

에밀리오가 고개를 끄덕였다.

"30분도 지나지 않았어."

"하지만 말을 탄 사람들은 보이지 않잖아?"

루카가 의심스럽다는 듯이 주변을 둘러보았다. 말 발자국이 이 정도로 남아 있다면 말을 탄 사람들이 아직 지평선에 보여야 했다. 그러나 주변에 말 탄 사람들이 몸을 숨길 만한 곳이라고는 코앞에 있는 덤불 말고 아무 데도 없었다.

그때 일이 벌어졌다. 눈 깜짝할 사이였다. 다른 사람들이 덤불에 막 도착하여 지친 몸으로 모래 바닥에 앉았을 때, 덤불 속에서 세 남자가 나타나서 총을 겨누었다.

루카의 눈에 사람들이 놀라 몸을 숙이는 모습이 들어왔다. 분노에 찬 욕설이 들리는가 싶더니 총소리와 비명이 울렸다.

"네 배낭을 이리 줘. 얼른!"

에밀리오가 루카의 손에서 배낭을 빼앗아 어깨 너머로 던졌다.

"엎드려서 아픈 척하고 있어!"

에밀리오가 루카를 땅바닥에 눌렀다.

말을 탄 세 남자가 에밀리오와 루카가 엎드려 있는 곳을 지나갔다. 마지막 남자가 에밀리오를 지나면서 인사를 하듯이 모자에 손을 댔다.

에밀리오가 벌떡 일어나 다른 사람들에게 달려가는 동안, 루카는 엎드린 채로 생각에 잠겨 형의 뒷모습을 바라보았다. 이 남자들이 형을 어떻게 알까?

다행히도 부상을 입은 사람은 없었다. 그 남자들이 총을 쐈던 페드로도 괜찮았다. 강도들은 그저 겁만 주려고 했던 모양이었다. 그러나 그 협박은 강도들이 배낭을 뒤져 사람들이 가지고 있던 돈을 빼앗아 모으는 동안 반항하지 못 하도록 하는 데 충분했다.

강도들이 더 이상 보이지 않을 만큼 멀어지자, 페드로가 일어나 에밀리오에게 달려들었다. 페드로와 다른 두 남자가 에밀리오를 땅바닥에 쓰러뜨리고 마구 때리기 시작했다.

"이 나쁜 놈, 우릴 함정에 빠뜨리다니! 너 그래서 얼마나 받았어?"

이들은 루카가 달려와 페드로를 잡아떼어 놓을 때까지 에밀리오를 계속 발로 걷어찼다.

"그만해요! 우린 안내자가 필요해요. 또 이 사람은 내 형이에요! 형은 강도가 오는 걸 몰랐어요. 형은 나를 절대 위험에 빠뜨리지 않아요!"

"못 믿겠어!"

페드로가 여전히 화가 난 목소리로 말했다.

"이런 인간들은 돈을 위해서라면 자기 가족도 팔아먹을 테니까. 하지만 네 말이 옳다. 우린 아직 이놈이 필요해. 어서 가자. 우리가 이 빌어먹을 사막을 얼른 벗어날수록 더 안전할 테니."

루카는 에밀리오가 일어나도록 도와주고 옷에 묻은 먼지도 털어 주었다. 에밀리오는 아무 말도 하지 않았고, 루카를 바라보지도 않았다. 루카는 그 뒤로 몇 시간 동안 에밀리오를 몰래 관찰하기 위해 그의 뒤에 바짝 붙어서 걸었다. 확신에 찬 목소리로 페드로에게 대들기는 했지만, 에밀리오가 강도의 습격을 정말 몰랐는지 루카 자신도 의심스러웠기 때문이다. 모랫길을 걸어가는 동안 이런 의심은 더욱 깊어졌다.

밤에 사람들이 모래언덕 기슭에 잠자리를 잡았을 때, 루카는 더 이상 참을 수 없었다. 그래서 다른 사람들과 떨어진 곳에 누운 에밀리오에게 다가갔다.

"고맙다."

루카를 본 에밀리오가 말했다.

"뭐가? 내가 거짓말을 해 줘서? 형은 강도가 온다는 걸 미리 알고 있었어!"

루카가 에밀리오의 발 앞에 침을 뱉었다.

"형 몫은 얼마나 돼? 그런 짓을 할 만큼 벌이가 괜찮아?"

"믿지 못하겠지만 난 몰랐다. 강도들이 가끔 나타난다는 것만 알고 있었어. 하지만 내가 강도들에게 대항할 수는 없어. 이곳은 편안하게 산책을 하는 장소가 아니라 거래가 이루어지는 곳이야. 힘들게 돈을 버는 사람이 있는가 하면, 그냥 빼앗아가는 사람도 있어."

"그럼 왜 국경을 넘어가서 토마토 농장에서 일하지 않았어? 그때….'

"갔어! 두 번이나! 하지만 국경경찰에게 잡혔다. 이제 난 그 경찰들을 속이는 일로 돈을 벌고 있어."

루카는 한동안 아무 말도 하지 않았다.

"왜 집에 편지를 쓰지 않았지?"

"처음 몇 달은 쓸 시간이 없었어. 토마토 농장에 있거나 감옥에 있거나 그랬으니까."

"그럼 그 뒤에는?"

"쓸… 수 없었어. 돈을… 많이 보냈잖아."

"강도짓을 해서?"

에밀리오가 고개를 떨어뜨렸다.

"내 말을 믿어야 해."

에밀리오의 목소리가 어찌나 작던지 루카는 말을 알아듣기 위해 그 옆에 앉아야 했다.

"그래, 처음에는 나도 같이 했어. 그렇지 않으면 여기서 일할 수 없었으니까. 난 코요테야. 아빠가 코요테에 대해서 했던 말 기억나지? 코요테는 발 앞에 있는 걸 모두 먹어치우기 때문에 살아남을 수 있다고. 구역질해서는 안 돼! 먹거나 죽거나 둘 중 하나야. 그게 사막의 법칙이야. 이게 아빠가 언제나 했던 이야기야. 안 그래? 기억나지? 살아남기 위해서는 손을 대야 해. 아빠가 그렇게 얘기했지?"

에밀리오가 두 손으로 루카를 움켜쥐었다.

"날 쳐다봐. 아빠가 그렇게 얘기했다고 대답해. 먹거나 죽거나! 아빠가 그랬다고! 루카, 날 봐!"

루카는 에밀리오의 눈에 깃든 두려움을 알아챘다. 그 눈에는 루카가 해석할 수 없는, 보고 싶지 않은 다른 무엇인가도 있었다. 루카는 떨면서 벌떡 일어나 에밀리오의 손을 떼어냈다.

"아빠가 한 말의 뜻은 형도 알고 있을 거야. 아빠는 동물이야기를 한 거야. 사람이 아니라!"

루카는 자기 말에 몸을 웅크리는 에밀리오를 바라보았다.

"습격을 미리 알지 못했다는 형의 말을 어떻게 믿어? 그럼 지금은 왜 그 사람들이 함께 강도짓을 하지 않는 형을 그냥 코요테로 일하게 내버려 두지?"

에밀리오는 아무 말도 하지 않았다.

둘이 그러고 있는 동안, 낮은 소리로 속삭이며 말을 주고받던 페드로와 다른 남자들이 다가와서 두 사람을 위협하듯 에워쌌다.

"뭐라고 계속 속닥거리는 거야? 둘이 공범인지 아닌지 우리가 어떻게 알아? 이거 다 속임수지? 우리를 속일 생각은 하지 마! 자, 여러분!"

그러나 사람들이 미처 루카를 공격하기 전에 에밀리오가 벌떡 일어섰다.

"내 동생을 그냥 내버려 둬요! 그 애는 아무것도 몰라요! 우린 벌써 몇 년이나 못 만났어요! 그리고 아까 그 습격은 나도 몰랐어요. 가끔 강도들이 나타난다는 것만 알 뿐, 언제 어디서 나타날지는 몰라요. 난 강도짓을 벌써 오래 전에 그만뒀어요!"

페드로가 경멸하듯 웃었다.

"내가 너라도 그렇게 말하겠다. 자, 여러분! 얼른!"

"기다려요!"

에밀리오가 소리쳤다.

"난 정말 강도들과 관계가 없어요. 그럴 만한 이유가 있었어요. 마치 오늘 아침에 내 동생이 그랬던 것처럼, 8년 전에… 아빠가 갑자기 내 눈앞에 나타났어요. 아빠는 다른 사람들과 함께 국경을 넘으려던 참이었어요. 난 무슨 일이 벌어질지 알았기 때문에 아빠를 돌려보내려고 했어요. 하지만 아빠는 나와 함께 가면 훨씬 안전할 거라고 생각했어요."

에밀리오가 침을 한 번 삼키고 낮은 목소리로 말을 이었다.

"여기 사막에서…, 거의 이 부근에서 아빠와 사람들은 습격을 당했어요. 아빠는 화가 나서 반항했고, 강도들은 아빠를 쏘았어요. 난 아빠를 이곳 사막에… 묻었어요. 그때부터 난 강도짓을 함께 하지 않아요. 하지만 그렇다고 약탈을 막을 수도 없어요."

3

 둘러섰던 사람들이 이 이야기가 진실이라고 믿게 된 이유는 에밀리오의 말보다 루카의 반응 때문이었다. 루카는 얼어붙은 듯 그 자리에 서 있다가 충격에 휩싸인 얼굴로 자기 형에게서 한 발자국씩 뒤로 물러났다.
 에밀리오의 말이 끝난 뒤 입을 여는 사람은 아무도 없었다. 페드로와 다른 남자들도 아무 말 하지 않고 물러났다. 에밀리오의 이야기는 너무나 끔찍했다.
 에밀리오는 루카의 팔을 움켜잡고 자기 등 뒤로 숨겼다. 루카는 형을 떼어 버리려고 했지만, 형이 어찌나 세게 잡았는지 아파서 소리를 질렀다.
 "무슨 일이 있었는지 네가 알고 싶어 했잖아!"
 에밀리오가 쇳소리를 냈다.

루카는 에밀리오의 얼굴이 노인 같다고 생각했다.

에밀리오는 언덕 뒤편 덤불 옆에 멈추어 섰다. 그러고 나서 덤불 나뭇가지를 헤치고, 모래에 비스듬히 꽂혀 있는 빛바랜 십자가 모양의 가지를 가리켰다. 십자가 주변에는 온갖 크기와 모양의 돌들이 놓여 있었다. 루카는 아빠뿐 아니라 이제 자기 희망도 묻혀 버린 그 무덤을 아무 말 없이 내려다보았다.

루카는 지금까지 언젠가 아빠를 다시 만나, 멕시코가 아니더라도 다른 어딘가에서 가족이 예전처럼 함께 살 것이라는 꿈을 꾸었다.

에밀리오가 배낭에서 돌 두 개를 꺼내 십자가 주변의 다른 돌들 옆에 놓았다.

"무덤을 돌로 완전히 덮어야 해. 동물들이 와서 파헤치니까."

루카가 놀라서 몸을 움츠렸다. 루카의 눈앞에 발로 아빠의 뼈를 파헤치는 코요테 무리가 보였다.

"머리는 어디 있어?"

에밀리오가 덤불 아래 깊숙한 자리를 가리켰다. 루카는 무릎을 꿇고 앉아 손으로 모래를 파헤치기 시작했다. 에밀리오는 무슨 말인가 하려고 했지만, 말없이 루카 옆에 앉아 동생을 도와 모래를 파헤쳤다.

루카는 모래 속에서 아주 조심스럽게 해골을 꺼내 손에

들고 쓰다듬은 뒤, 모래가 완전히 없어질 때까지 힘껏 불었다. 그런 다음 배낭을 열어 해골을 집어넣고 지퍼를 닫았다.

에밀리오는 그런 루카를 말없이 바라보았다.

둘은 함께 무덤을 다시 모래로 덮고, 그 위에 돌들을 올려놓았다.

루카가 무덤가에 앉았다.

"혼자 있고 싶어."

에밀리오는 혼자 있고 싶어하는 동생을 위해 뒤 한 번 돌아보지 않고 그 자리를 떠났다.

루카는 밤새도록 무덤가 모래 위에 앉아 있었다. 귀에 익숙한 코요테의 울음소리가 들려왔다. 서늘한 밤에 사냥을 나서는 뱀과 전갈의 조용한 움직임을 보지 않고도 느낄 수 있었다. 루카는 눈을 뜨고 있으려고 애를 썼다. 눈을 감을 때마다 아들에게 배신당해 사막에 쓰러져 있는 아빠의 모습이 떠올랐기 때문이다.

그러다가 어느 순간 잠이 들었다. 꿈속에서 루카는 가정이라는 게 아직 존재했던 그 시절로 날아갔다.

15년 전에 루카가 태어난 마을은 멕시코 북쪽 거대한 사막의 가장자리에 있었다. 사막의 이름은 소노라로, 국경 너머 미국의 남쪽 애리조나까지 뻗어 있었다. 마을 인구는 공식적으로는 1만 명이었지만, 사실 2월부터 12월까지는 기껏해야 5천 명 정도였다. 남쪽이나 북쪽으로 날아가기 위해 가을이면 모이는 새들처럼, 루카의 마을에서도 매년 2월에 큰 움직임이 시작되었다.

물론 마을을 떠나는 것은 새가 아니라 사람들이었다. 남녀노소, 엄마와 아빠 또는 온 가족이 떠날 때도 있었다. 이들은 북쪽 국경을 넘어 미국으로 가서, 토마토나 레몬 농장에서 일했다. 또 레스토랑에서 손님 시중을 들거나 청소원이나 급사로 일했고, 공장에서 닭털을 뽑기도 했다.

남겨진 아이들은 조부모나 다른 친척들이 돌보았다.

마을에는 일자리가 거의 없었고, 해가 갈수록 상황은 더욱 나빠졌다. 남은 사람들은 미국에 간 가족이 보내 주는 돈으로 생계를 유지하며, 꽤 잘 살았다. 아이들을 학교에 보낼 수도 있었고 장을 보러 갈 수도 있어서, 마을에 남은 몇몇 상인들에게 새로운 손님이 되었다. 이들은 사회보험과 연금도 낼 수 있었다. 마을 전체는 그 덕분에 살아갔다.

처음에 루카의 아빠는 농장에서 일했고, 엄마도 바지와 재킷을 만드는 작은 직물 공장에서 약간의 페소를 벌었다.

고기는 성탄절이나 마을의 수호성인 에스테반 축제일에만 식탁 위에 올라왔을 뿐, 매일 붉은 콩만 먹었다. 그러나 루카에게는 부족한 게 없었다.

루카가 어릴 때 부모님, 형들과 누나와 함께 살았던 오두막은 아빠가 일하던 농장 근처에 있었다. 오두막은 사막에 있었다. 아이들이 놀던 모래사막은 타란툴라와 방울뱀과 들쥐와 거북이의 집이기도 했다. 영양멧토끼와 메추라기, 갈라진 검은색 혀가 있는 독 도마뱀도 거기 살았다. 독 도마뱀은 화를 돋우면 물기 때문에 조심해야 했다.

 루카는 동물들이 해를 피하는 방법과 사냥하는 모습을 아빠와 함께 관찰했다. 방울뱀이 쥐의 냄새를 쫓아가서 똬리를 틀고 앉아, 쥐가 갔던 길로 다시 돌아올 때까지 기다리는 모습을 몇 시간이나 지켜본 적도 있었다. 뱀은 사람들에게 해를 끼치지 않았지만, 사람들이 화를 돋우는 것도 싫어했다.

 아빠는 루카와 형들을 사막으로 자주 데리고 가서 동물과 식물들에 대해 이야기해 주었다. 사막에서 방향을 잡는 방법, 그리고 그늘과 물이 있는 곳을 찾아내는 방법도 알려 주었다. 사구아로선인장 줄기에 둥지를 만드는 얼룩등딱따구리와 모래 표면을 헤엄치듯 움직이는 뱀도 보여 주었다.

 사막은 온통 모래였다. 바람이 만들어 놓은 모래언덕들이 곳곳에 있었다. 그러나 이 언덕들은 한 자리에 오래 있지는 않았고, 바람을 따라 자리를 옮겨 갔다. 모래에서 자랄 수 있는 것들은 별로 없었지만, 그 대신 몇 킬로미터씩 동물의 흔적을 쫓을 수 있었다. 아빠는 아이들에게 검은색 딱정벌레의 작은 발자국과 캥거루쥐 꼬리의 흔적, 방울뱀의 감긴 꼬리를 보여 주었다. 아이들은 아빠와 함께 동물의 잠자리인 동굴까지 흔적을 따라갔던 때도 있었고, 동물들이 부엉이의 발톱에 잡혀 죽은 곳까지 가 보기도 했다.
 이렇게 하여 루카와 그의 형제자매들은 모두 흔적을 잘 읽을 수 있게 되었다. 그러나 그중 가장 뛰어난 아이는 장남인 에밀리오였다.
 "나침반 없이 사막에 내려놓아도 넌 집을 찾아올 수 있을 거다!"
 아빠는 에밀리오를 자랑스러워하며 몇 번씩이나 이런 말을 했다.
 루카는 밤에 사막에서 나는 소리를 무서워했지만, 에밀리오는 아빠와 함께 떠나는 사막의 밤 소풍을 무척이나 좋아했다. 해가 떨어지고 순식간에 아주 깜깜해지면 사막에서는 삶이 시작되었다. 낮 동안의 더위를 견디지 못하는 동물들이 많았기 때문이다. 도마뱀붙이와 전갈, 다족류와 거미 같은 동물들은 낮에 자고 밤에 사냥을 나서는데 거미 중에서는 타란툴라가 가장 컸다. 거미들은 모래바닥의 구멍에 몸을 숨기고 있어서 털이 달린 다리 하나 정도만, 그것도 자세히 보아야 가끔 보일 뿐이었다.
 밤에 침대에 누워 아직 잠이 들지 않았을 때 사냥을 하는 코요테의 울음소리가 들리면 루카는 머리 위까지 이불을 올려 썼다. 옆 침대에서 자는 에밀리오는 장난을 치느라고 루카의 귀에 바짝 대고 코요테의 울음소리를 냈고, 루카가 놀라서 소리를 지르면 웃으며 놀려 댔다. 에밀리오는 진짜 코요테와 거의 구분할 수 없을 만큼 울음소리를 비슷하게 흉내 냈다.

작은 부엌의 나무 식탁에서 부모님과 형들, 누나와 함께 콩이 든 토르티야(가루를 반죽해서 넓적하게 빚어 만든 멕시코 음식)를 먹을 때면 루카는 행복했다. 하지만 에밀리오는 아니었다. 에밀리오는 루카보다 열두 살이나 많았는데, 미국에 가서 돈을 벌겠다는 말을 하루에도 몇 번씩 했다.

"이 세상에는 콩 말고 뭔가 다른 것도 있을 게 아니에요!"

에밀리오는 입맛이 없다는 듯 쇠숟가락으로 자기 음식을 쿡쿡 쑤시며 욕을 퍼부었다. 엄마의 슬픈 눈빛을 볼 때면 루카는 에밀리오 형이 미웠다. 다른 뭔가는 사 먹을 수 없었다. 사정은 늘 똑같았다.

"돈도 많이 들고, 게다가 너무 위험하다."

에밀리오가 국경을 넘겠다고 허락해 달라고 말하면, 아빠는 늘 이렇게 대답했다.

"코요테는 한 사람당 5백 달러에서 3천 달러를 요구해. 그러고도 네가 국경을 안전하게 넘는다는 보장도 없어."

코요테는 국경 지방의 사막을 아주 잘 알고 있는 사람들로, 적당한 돈을 주면 멕시코 사람들을 미국으로 밀입국시켜 주었다. 대부분 남자들이 그 일을 했지만, 가끔 여자도 있었다. 국경을 넘으려는 사람들은 코요테가 없으면 움직일 수 없었다.

"난 코요테가 필요 없어요. 사막을 잘 아니까요. 혼자서도 갈 수 있어요."

에밀리오는 자신감에 넘치는 목소리로 대답했다. 루카는 형이 정말 혼자서도 사막을 건널 수 있을 거라고 확신했다.

국경은 루카의 마을에서 수백 킬로미터나 떨어져 있었지만, 마을사람들의 삶과 루카 가족의 운명에 큰 영향을 미쳤다. 국경은 미국과 멕시코, 낙원과 불행을 갈라놓는 2미터 높이의 금속 담장이었다. 게다가 도시에는 탐조등과 적외선 카메라, 국경수비대도 있었다.

국경은 태평양 해안에서 대서양 해안까지 3천 킬로미터가 넘는 거리를 아메리카 대륙을 가로지르며 뻗어 있었는데, 대부분 사막 지대였다. 사막의 국경은 그저 단순하게 철사를 엮어 놓은 것에 불과했다. 뱀과 전갈, 타란툴라, 퓨마와 곰과 더위 등 사막 자체가 가장 큰 장애물이었기 때문이다. 불법으로 미국에 들어가려다가 매년 수백 명이 죽었지만, 그럼에도 매년 수천 명이 국경을 넘는 시도를 했다. 국경 건너편에는 돈을 벌 수 있는 일자리와 삶에 대한 희망이 있었다. 그곳의 삶은 일을 해서 살아갈 만한 가치가 있었다.

루카가 어렸던 시절, 국경과 국경 너머의 삶에 대한 이야기는 매일 듣는 음악 같은 것이었다. 그러나 어느 날 아침 에밀리오가 정말로 사라져서 다시는 돌아오지 않게 되었을 때까지, 루카는 이런 사실을 실감하지 못했다. 몇 달 뒤 애리조나 주의 노갈레스에서 에밀리오로부터 전화가 왔고, 또 몇 달 뒤에는 처음으로 수표가 왔다. 그 수표로 가족이 주중에 콩 냄비 요리에 고기를 넣어 먹을 수 있었다. 엄마는 아이들에게 교과서도 새로 사 주었다.

처음 몇 달 동안 루카는 밤에 깨어 코요테의 울음소리를 들으며, 자기 옆의 텅 빈 침대를 노려보았다. 루카는 에밀리오가 사막을 혼자 건너갔는지 알고 싶었다. 어쨌든 사막을 건너는 데 성공했다는 사실은 규칙적으로 보내 주는 수표가 증명했다.

루카가 마을 학교에서 2학년에 다니던 일곱 살 무렵 어느 날이었다. 고국 멕시코를 자랑스러워해야 한다는 것과, 국가가 국민에게 일자리를 주고 부양하는 것이 가장 중요하다는 것을 교과서에서 막 배우던 그 무렵, 저녁에 집에 돌아온 아빠가 농장에서 해고당했다고 말했다.

아빠가 일하던 농장 주인이 농장을 팔고 일꾼들을 모두 해고한 것이다. 이제 엄마가 벌어오는 몇 푼 말고는 에밀리오가 보내는 돈뿐이었다. 아빠는 새 일자리를 찾아보았지만 구할 수 없었다. 에밀리오가 어쩌다가 수표를 보내지 않는 달에는 점심을 굶어야 했고, 하루에 두 번 콩만 먹었다.

상황이 이렇게 되자 아빠도 미국에 가서 돈을 벌려고 다른 사람들과 함께 2월 말에 마을을 떠났다.

"다시 올게. 늦어도 11월 '죽은 자들의 날'까지는 돌아올 거다."

아빠가 이렇게 말하며 루카를 꼭 껴안았다.

그러나 아빠는 돌아오지 않았다.

식구들은 몇 주일 동안, 그 다음은 몇 달 동안 기다렸지만 아빠로부터는 아무런 소식도 오지 않았다. 아빠가 어디에 있는지 모른 채 오랜 시간이 흘렀다. 그러다가 집에 돌아온 마을 사람이 슬픈 소식을 전해 주었다.

"노갈레스 근처의 사막에서 길을 잃어 목이 말라 죽었다고 해요. 코요테 한 명이 발견해서 그곳에 묻었다더군요."

그러나 가족은 그 말을 믿을 수 없었다. 아빠는 다른 누구보다 사막에 대해 잘 알고 있었고, 게다가 혼자 간 게 아니라 길을 잘 아는 코요테와 또 다른 사람들과 함께였다. 그렇게 아빠가 돌아오지 못하는 이유는 알게 되었지만, 어떻게 그런 일이 일어났는지는 여전히 의문으로 남았다.

사막에서 죽었다는 남자가 아빠가 아니라 아빠와 비슷하게 생긴 다른 사람일 거라는 희망은 사라지지 않았다. 특히 루카는 언젠가 아빠가 돌아올 거라고, 죽어서가 아니라 다른 이유 때문에 오랫동안 소식이 없는 거라고 굳게 믿었다.

루카는 그 뒤로 5년 동안 엄마와 미겔 형, 파트리시아 누나와 함께 에밀리오 형이 보내는 돈으로 살았다. 에밀리오는 예전보다 더 많은 돈을 보냈다. 엄마는 그 돈으로 세 아이에게 교복도 사 줄 수 있었다.

해마다 12월이 되면 식구들은 언제나 에밀리오가 다른 사람들과 함께 돌아와서 석 달 동안 지내다 가기를 기다렸지만, 이런 기다림은 허사였다. 에밀리오는 편지도 쓰지 않았고, 전화도 하지 않았다. 가족은 에밀리오가 지금도 예전처럼 국경 근처에서 사는지, 아니면 다른 곳에 있는 것인지조차 몰랐다. 어쩌면 원래의 목적지인 로스앤젤레스에 있을지도 몰랐다. 그곳에는 마르타 이모가 살고 있으니까 아무리 형편이 어려워도 에밀리오를 자기 집에 있게 했을 것이다. 하지만 에밀리오는 그곳에도 연락을 하지 않았다. 에밀리오도 아빠처럼 사라졌다. 두 사람 사이의 차이는 매달 정확하게 오는 수표였다. 그 수표로 가족들은 멕시코에서 살아갈 수 있었다.

루카가 열두 살이 되던 해, 에밀리오가 수표를 보내오는 일이 갑자기 중단되었다.

가족은 걱정이 태산 같았다.

"형이 아파서 이제 더 이상 일을 할 수 없는 게 아닐까? 아니면 출입국관리소 경찰에게 붙잡혔을지도 몰라. 형은 불법으로 미국에 살고 있잖아."

미겔이 말했다.

그러던 가운데 파트리시아가 병이 났다. 의사가 수술을 해야 나을 수 있다고 말하자 엄마는 로스앤젤레스에 가겠다고 했다. 미국에서는 응급실로 가면 서류가 없어도 의사들이 치료를 해 준다고 이모가 편지에 썼기 때문이다.

미겔과 루카는 옆 바닷가 마을의 할머니네로 가서 살게 되었다. 엄마는 성탄절에 돌아오겠다고 말했다. 루카는 그 말을 믿고 싶었지만, 아빠가 그랬듯이 엄마의 약속도 지켜지지 못할 것이라고 생각했다.

그 짐작이 맞았다.

온 것은 역시 수표였다. 할머니는 수표를 바꾸어 생활비로 썼다. 엄마가 보내는 돈은 많지 않았지만, 그 사이에 에밀리오로부터도 다시 수표가 왔으므로 남은 사람들은 잘 지낼 수 있었다.

엄마는 로스앤젤레스 근교 산타아나에 있는 마르타 이모네 집에 살면서 청소 용역 회사에 고용되어 청소원으로 일했다. 이모도 같은 회사에 소속되어 있었다. 파트리시아 누나는 그 사이에 수술을 받았고, 미국 학교에도 다닌다고 했다. 두 사람이 집으로 돌아올 것 같지는 않았다.

미겔이 어느 날 말도 없이 사라졌다. 할머니가 모아 둔 돈도 함께 없어졌다. 루카의 부모님은 지금은 루카와 할머니만 남은 그 마을에서 태어나고 자랐지만, 결혼을 한 뒤 일자리를 찾기 위해서 마을을 떠났다. 그래서 할머니는 아빠를 좋아하지 않았다. 또 온 가족이 멕시코를 떠난 것도 이해하지 못했다.

"세상에서 가장 중요한 건 가족이다."

할머니는 늘 이렇게 말했다.

"가족은 함께 살아야 해. 네 아빠는 이 마을에서 일거리를 구할 수 있었을 거야. 그랬다면 이런 일은 벌어지지 않았을 거 아니냐?"

루카는 할머니에게 말대꾸를 하지는 않았지만, 그게 그렇게 간단한 일이 아니라는 것은 알고 있었다.

마을에 있는 것이라고는 바다에서 잡는 생선뿐이었다. 예전에는 바키타(곱등어과 쇠돌고래)를 잡아서 먹고살았다. 그러나 이 쇠돌고래가 아주 귀해진 다음부터 정부에서 잡지 못하게 했다. 많은 사람들이 루카의 부모님처럼 마을을 떠났다. 루카의 아빠는 언젠가 자기 농장을 소유하는 게 꿈이었지만, 농장의 일꾼 이상은 되지 못했다.

마을에 남은 것은 골함석과 나무로 만든 오두막 몇 채와 급수탑과 축구장, 그리고 빈곤과 지루함뿐이었다.

학교에 계속 다니려면 루카는 매일 아침 몇 킬로미터씩 사막을 가로질러 가든가 옆 동네의 모르는 사람들 집에서 살아야 했다. 할머니는 두 경우를 모두 반대했고, 가족 중 유일하게 남은 루카와 함께 살고 싶어 했다. 그래서 루카는 삼촌을 도와 물고기를 잡거나 모터보트를 수리하며 지냈다.

루카도 떠나고 싶었지만, 할머니를 혼자 두고 갈 수는 없었다. 삼촌과 루카는 별로 사이가 좋지 않았다. 할머니는 잘 걷지 못해서 루카가 할머니를 보살폈다. 시장을 보고, 요리를 했으며, 오두막도 깨끗이 청소했다.

다음 해 할머니가 돌아가시자, 루카가 마을에 남아 있을 이유는 더 이상 없었다. 그래서 배낭을 꾸려 나머지 가족이 살고 있는 국경 너머로 가기 위해 낡은 모자를 쓰고 길을 떠났다. 그 모자는 아빠가 집을 떠나기 전에 남겨 둔 것으로, 루카는 모자를 보물처럼 아꼈다. 할머니가 숨겨 두었던 돈은 코요테에게 건네주면 딱 알맞을 만큼이었다.

처음에는 말라 버린 하천 바닥을 따라 걸었다. 전에 살던 마을까지는 약 50킬로미터 거리였다. 걷는 데 꼬박 이틀이 걸렸다. 산 에스테반에 도착하여 옆집에 살았던 아줌마를 찾아갔다. 아줌마는 루카를 보자 무척 반가워하며 먹을 것과 마실 것을 주고, 잠도 재워 주었다.

"메히칼리(멕시칼리, 멕시코 바하칼리포르니아주에 있는 도시)로 가는 기차를 타라!"

아줌마가 말했다.

"거기서 로스앤젤레스로 가기가 쉽단다. 듣자하니 네 엄마가 지금 거기 산다는구나. 리오 코요테를 지날 때, 기차가 천천히 달리니까 뛰어오르기 쉬울 거다."

루카도 그 자리를 알고 있었다. 형들과 함께 그곳에 가서 사람들이 화물칸에 기어오르려고 애쓰는 모습을 여러 번 지켜보았다. 하지만 설사 기차에 오르는 데 성공한다고 하더라도 살아서 멕시칼리에 도착한다는 보장은 없었다. 거기서부터 멕시칼리까지는 거의 260킬로미터였고, 멕시코 국경경찰이 기습적으로 들이닥쳤기 때문이다. 망명하는 사람들을 기차에서 끌어내려 약탈하고, 중상을 입히는 강도떼도 많았다. 피곤에 지쳐 잠든 사람들이 기차에서 떨어질 때도 있었다. 한 소년이 균형을 잃고 기차에서 떨어지자 화물차가 그 소년을 치고 지나가는 모습을 자기 눈으로 보지 않았다면, 루카도 이 모든 것이 그저 끔찍한 소문에 불과하다고 생각했을 것이다.

그런 이유 말고도 루카는 일단 노갈레스로 가고 싶었다. 아빠와 에밀리오 형이 사라진 곳. 또 사막을 지나기 때문에 검색이 심하지 않아 국경을 넘기 쉽다는 이유도 있었다. 사막은 루카도 잘 아니까.

그러나 사막을 잘 알았던 루카의 아빠도 그곳에서 목숨을 잃었다. 루카는 여전히 그 사실을 이해할 수 없었고, 그래서 두려웠다. 경험이 아주 많았던 아빠도 살아남지 못했을 정도라면 국경 근처의 사막에서 무슨 일이 벌어질지 알 수 없었으므로, 루카는 돈이 충분하다면 코요테와 함께 사막을 건너기로 결심했다.

산 에스테반에서 얼마 동안은 아빠의 옛 친구인 호세 아저씨의 픽업을 타고 갔다. 호세는 국경 근처에 살면서 일하는 사람들의 대부분이 그렇듯이, 어디 가면 코요테를 만날 수 있는지 알고 있었다.

"노갈레스에 도착하면 성당 옆에 있는 술집으로 가거라. 그곳에서는 언제든지 코요테를 만날 수 있단다. 어쩌면 너희 아빠가 누구랑 함께 출발했는지 들을 수 있을지도 몰라."

"아저씨는 왜 가지 않았나요?"

"나도 시도는 했지. 가려고 하지 않은 사람이 어디 있겠니? 3년 동안 그렁고 농장에서 오렌지를 땄단다. 자동차도 한 대 샀지."

"운전면허가 있었어요?"

호세가 웃음을 터뜨렸다.

"서류가 없는데 운전면허를 어떻게 따겠니? 운전면허 없이 차를 몰았지. 사고를 내기 전까지는 말이다. 큰 사고는 아니었어. 차체 금속판이 살짝 찌그러진 정도였지. 하지만 운이 나빴다. 상대방은 새 차였고, 경찰을 부르겠다고 했으니까. 그래서 들통이 났다. 차만 빼앗긴 게 아니라 직업도 잃었지. 난 사흘 동안 갇혀 있다가 강제로 출국 당했다."

"다시 한 번 넘어간 적은 없어요?"

호세가 고개를 저었다.

"두 번째로 잡히면 감옥에 오래 있어야 해. 난 여기에 가족이 있으니 다행이지. 국경에서 약간 동쪽으로 시우다드후아레스에 그렁고들의 새 거주지가 생겼어."

"멕시코 땅에요?"

호세가 고개를 끄덕였다.

"그링고는 언제든지 국경을 넘나들 수 있어. 여기가 땅값이 싸니까 살기는 여기서 살고, 아침에 미국으로 출근하거나 또 저녁에 그곳으로 외식을 하러 가거나 극장에 가지. 여기서 합법적으로 일을 하기도 해."

"그렇게 간단해요?"

"그래, 그렇게 간단하지. 미국인들에게만 간단해. 네가 미국에 가려면 몰래 숨어 들어가야 해. 하지만 노동허가증이 있는 멕시코 사람들이나 그 가족이라면 괜찮아."

"난 여권이 없어요."

"거 봐라. 나도 없어. 우리는 거의 없단다. 여기서야 그게 무슨 필요가 있겠니? 우리 형이 새 거주지에서 경비원으로 일하는데, 나에게도 일자리를 하나 마련해 주었단다. 내가 영어를 잘 하니까 말이다."

루카는 길이 시우다드후아레스로 갈라지는 이무리스에서 호세와 헤어졌다. 호세는 헤어지기 전에 토르티야를 사 주었고, 다음 날 노갈레스로 가는 자기 친구 라몬도 소개해 주었다.

"비바 메히코!"

헤어질 때 호세가 모자를 흔들며 소리쳤다.

"잊지 마라, 네 집은 여기야! 국경 건너편에서 돈이야

벌 수 있겠지만, 네 마음은 항상 여기에 있어야 해. 한 번 멕시코 사람이면 영원히 멕시코 사람으로 남는 거다. 비바 메히코!"

아침에 루카는 페드로가 무릎을 꿇고 옆에 앉아 흔드는 바람에 잠에서 깨어났다. 그냥 누워 있고 싶었다. 깨지 말고 계속 잠을 자며 꿈만 꾸고 싶었다.

페드로가 루카를 일으켜 앉히고, 자기 물병의 찬물을 루카의 머리 위에 조금 부었다.

"얼른 일어나라! 네 엄마가 너도 잃어야겠니? 네 엄마가 정말 안됐다!"

루카는 다음 몇 시간 동안 발이 어디를 딛는지도 모르는 무감각한 상태에서 페드로 옆을 따라 걸었다. 머리에 내리쪼이는 햇볕의 따가움도 느끼지 못했고, 배도 고프지 않았고, 목도 마르지 않았다. 모래가 햇빛에 반짝이는 먼 앞쪽을 바라보면 아빠의 모습이 계속 떠올랐다. 강도의 손에서 총을 빼앗으려는 아빠…. 불이 번쩍 하며 아빠가 모래 위로 쓰러지고, 모래가 붉게 물들었다.

에밀리오는 여러 번 루카와 이야기를 하려고 했으나, 그때마다 페드로가 에밀리오를 쫓아냈다. 그렇게 몇 번 되풀이한 끝에 에밀리오가 솜브레로를 얼굴 깊숙이 내려쓰고, 다리를 넓게 벌려 두 사람 앞을 막아섰다. 그러고는 큰 목소리로 말을 하기 시작했는데, 자세히 들으면 목소리가 떨린다는 것을 알 수 있었다.

"동생과 이야기를 해야 해요. 그 일이 어떻게 벌어졌는지 설명해야…."

루카는 에밀리오를 쳐다보지도 않은 채 대답했다.

"설명할 거 없어. 형도 죽었더라면 좋았을 텐데."

"하지만 내가 보낸 돈은 몇 년이나 받았잖아!"

에밀리오는 화가 나서 눈물을 글썽이며 소리쳤다.

"네가 학교에 다닐 수 있게 해 준 사람이 누군데? 가족들이 음식을 살 수 있게 해 준 사람이 누구냐고?"

"우린 그게 피 묻은 돈이라는 걸 몰랐어. 알았더라면 한 푼도 남김없이 몽땅 사막에 묻었을 거야. 이제 날 그냥 내버려 둬!"

"말할 거야?"

"엄마한테…? 엄마가 더 많이 울라고? 형이 죽었다고 얘기할 거야. 사막에 사는 건 코요테뿐이라고, 손에 들어오는 건 뭐든 집어삼킨다고, 그게 사막의 법칙이라고!"

4

 루카는 국경 담장에 도착할 때까지 얼마나 더 걸었는지 나중에는 더 이상 기억나지 않았다. 2미터 높이의 담장에 가시철조망을 치고 비디오카메라로 감시하는 노갈레스와는 달리, 이곳의 국경은 1미터 높이의 철사 줄로만 엮어져 있었다. 철사 줄 아래 여러 군데에 구멍이 파여서 사람들은 그곳을 통해 빠져나갈 수 있었다.
 "서둘러요!"
 에밀리오가 소리쳤다.
 "국경수비대가 언제 올지 몰라요. 그럼 모든 게 헛수고예요!"
 사람들은 지프의 바큇자국이 어지럽게 남아 있는 모랫길을 달려, 몸을 어느 정도 숨길 수 있는 가시덤불이 있는 언덕 아래까지 내려갔다.
"비엔베니도스 아 로스 에스타도스 우니도스(미합중국에 오신 것을 환영합니다)! 낙원에 오신 것을 환영합니다!"
한 남자가 소리치자 다른 사람들이 모자를 흔들어 댔다.
페드로가 고개를 저으며 그 사람들을 바라보았다.
"철부지들!"
페드로는 경멸하듯이 말하고 루카를 돌아보았다.
"저 사람들은 이제 앞으로 어떻게 지내게 될지 전혀 몰라서 저러는 거야. 코요테에게 준 돈을 갚을 때까지 몇 달 동안 죽어라고 일해야 하고, 또 경찰에 붙잡힐까 봐 끊임없이 불안해하며 살아야 하지."
"그럼 아저씨는 왜 여기에 왔어요?"
"그래도 여기서 사는 게 집에서 배를 곯는 것보다는 나으니까."
경치는 멕시코와 다를 바 없었다. 똑같은 소노라 사막에 똑같은 선인장들이었고, 뱀과 코요테도 같았다. 그링고가 점령하지 않았던 150년 전만 해도 이 지역은 모두 멕시코 땅이었다. 원래 멕시코 땅이었기 때문에 여기 올 권리가 있다고 말하는 멕시코 사람들도 많았다.
에밀리오가 사람들을 재촉했다.
"어서 움직여요! 그렇게 천천히 가지 말고! 여기서 벌써 잡히길 바라는 건 아니겠죠?"

사람들은 거의 움직일 수 없을 만큼 지쳐 있었다. 루카는 발에 감각이 없었다. 한 발자국씩 겨우 움직였다. 발을 헛디뎌 쓰러진 채 그대로 누워 있는 사람들을 다른 사람들이 일으켜 세우고, 잡아끌었다. 여기서 낙오하는 사람은 살 가능성이 전혀 없다는 사실을 모두 알고 있었으니까. 하늘에서 햇볕이 사정없이 내리쬐었지만, 가지고 온 물은 이미 오래 전에 다 마시고 없었다.

에밀리오가 덤불 앞에서 멈추어 섰다.

"여기서 기다려요. 해가 떨어지면 누군가 데리러 올 거예요."

불에 그을린 나무토막, 종이, 찌그러진 음료수 캔들은 예전에도 여기서 기다리던 사람들이 있었음을 말해 주었다. 모닥불을 피웠던 자리의 잿더미 속에는 뜯어먹던 토끼 고기 뼈가 섞여 있었다.

몇몇 사람들은 믿지 못하겠다는 표정으로 에밀리오와 덤불을 번갈아 쳐다보았다. 한 남자는 뭔가 찾으려는 듯 덤불 주위를 조심스럽게 돌았다.

페드로가 위협적인 목소리로 에밀리오에게 말했다.

"이게 또 함정이면 넌 죽을 줄 알아!"

에밀리오가 멀리 보이는 가느다란 붉은 줄을 가리켰다.

"저기 앞에 모랫길 보이죠? 국경경찰이 다니는 길이에요. 여러분을 농장으로 데려다 줄 자동차도 저기서 올 거예요."

사람들은 목마름과 배고픔, 그리고 불안 때문에 완전히 지친 몸으로 하루 종일 그늘에서 졸았다. 루카는 아무 생각 없이 모래 위에 누워 있었다. 국경경찰에게 잡히든, 강도들이 습격을 하든 아무래도 상관없었다. 목마름도 배고픔도 불안도 느낄 수 없었다. 옆에서 페드로의 목소리가 들렸다. 그는 다른 사람들에게 용기를 북돋우며 지난번에 국경을 넘었던 경험을 이야기하고 있었다.

"이제 곧 먹을 것과 마실 것을 살 수 있어요."

페드로가 사람들을 위로했다.

"하지만 늘 불안하지요. 우린 불법 체류자들이니까요. 국경경찰이 월급을 받는 이유는 단 하나, 우리를 잡기 위해서예요. 손쓸 사이도 없이 우린 다시 멕시코로 가게 돼요. 예전보다 더 가난한 상태로."

드디어 차가 왔다. 아무도 에밀리오와 작별 인사를 하지 않았다. 차에 오르기 전에 운전사가 주의를 주었다.

"차가 멈추면 모두 뛰어내려서 몸을 숨기고 내가 다시 올 때까지 기다리시오. 그리고 혹시 경찰에게 잡히면 나와 이 차에 대해서는 한 마디도 하지 마시오!"

모두 올라타자 그가 차 문을 닫았다.

차가 어두운 밤길을 달리는 동안 아무도 입을 열지 않았다. 차는 처음에 고속도로를 달리다가 그 뒤로는 덜컹거리는 샛길을 달렸다. 일꾼들 야영지에 도착했을 때는 아주 어두웠다. 지프차는 사람들이 뛰어내릴 동안만 멈추어 섰다가 는 방향을 틀어 모랫길에서 낼 수 있는 최대 속도로 온 길을 되돌아갔다.

루카는 농장이나 부속 건물, 하다못해 일단 잠을 잘 수 있는 헛간을 찾아 주변을 둘러보았다. 그러나 아무것도 없었다. 지프차는 밭 한가운데 사람들을 내려놓은 모양이었다. 주위에는 어둠뿐이었다.

루카는 추위 때문에 몸을 떨었다. 페드로가 불을 피웠던 자리로 루카를 잡아끌더니 나뭇가지로 남아 있던 불을 쑤셨다. 그러자 정말 불이 살아났다. 두 사람은 따뜻한 연기에 차가운 손을 비볐다.

페드로가 불 옆 땅바닥에 누웠다.

"조금 자 둬라. 내일 아침 일찍 첫날의 일이 시작될 테니."

"여기서 자요?"

페드로가 나지막하게 웃었다.

"그럼 호텔에서 잘 거라고 생각했니? 내일 나무와 종이 상자를 구해서 오두막을 짓자. 하지만 오늘은 그냥 바깥에서 자야 한다."

'낙원에 오신 것을 환영합니다.'

루카는 아까 사람들이 했던 말을 떠올리며, 되도록 불 가까이에 언 몸을 눕혔다. 그러고는 몸을 둥글게 말고, 땅바닥에서 서서히 올라오는 한기를 느끼지 않으려고 애썼다.

해가 뜨자마자 야영장은 활기가 넘쳤다. 몸이 뻣뻣하게 언 루카는 페드로가 뜨거운 커피와 샌드위치를 들고 돌아오자 무척 기뻤다.
"저 뒤 주차장에 트럭이 서 있어."
루카가 이게 어디에서 났느냐는 얼굴로 쳐다보자 페드로가 대답했다.
"이곳 사람들에게 빵과 커피를 나눠 주는 트럭이지. 맥주랑 토르티야도 있어."
루카는 한 손에 커피 컵을 들고, 다른 손에는 샌드위치를 들고 야영장을 둘러보았다. 이미 각오는 했지만 눈앞에 보이는 상황은 루카가 생각했던 것보다 훨씬 더 나빴다.
야영장은 거대한 토마토 밭의 가장자리에 있었다. 줄줄이 늘어선 초록색 줄기에 달린 토마토가 햇빛에 반짝였다. 숙소는 일꾼들이 직접 만든 오두막이었다. 벽은 플라스틱 조각과 두꺼운 종이 상자를 뜯어서 만들었고, 나무토막으로 만든 지붕 위에는 나뭇가지들이 덮여 있었다.
빽빽한 덤불 아래 구덩이를 파고 종이 상자를 깔고 사는 사람들도 많았다. 이 구덩이는 거미굴이라 불렸다. 거미굴은 그다지 편안하지는 않았지만, 불시에 나타나 검색하는 경찰에게 발각되지 않을 가능성은 야영장보다 높았다.

제대로 된 숙소에서 지내는 사람은 십장뿐이었다. 그는 고장 난 낡은 트레일러에서 살았다. 거기도 수도나 전기가 들어오지 않기는 마찬가지였다. 하지만 다른 일꾼들이 사는 종이 상자 오두막이 늘 무너지고 바람에 날아가는 데 비해, 트레일러는 비를 피할 수도 있었다.

야영장에는 남자 스무 명 정도와 여자 한 명이 살았다. 마시고 씻을 물은 밭에 물을 주는 호스에서 끌어다 썼다. 화장실은 옆에 있는 덤불이었다. 음식 찌꺼기에 달려드는 파리 떼와 들쥐가 사람들과 함께 야영장에서 생활했다.

야영장 중간에는 요리를 할 수 있는 곳이 있었다. 녹슨 컨테이너 뚜껑 아래에 불을 지피고 토르티야를 데울 수도 있었고, 가장자리에 나무틀을 댄 석쇠에서는 덫을 놓아 잡은 다람쥐를 굽고 커피 물도 끓였다.

사람들은 매일 아침 이곳에 모여 서둘러 식사를 했다. 더 이상 쓸 수 없게 된, 토마토를 담았던 나무 상자로 식탁과 의자도 만들었다.

아침 식사를 한 뒤에는 토마토 밭으로 가서, 거의 쉬지도 못하고 하루 10시간씩 토마토를 수확했다. 일요일만 빼고 일주일에 6일 동안 일을 했다. 법으로 정해진 최저임금보다 낮은 시간당 3달러를 받았지만, 멕시코에서 일할 때보다는 많은 금액이었다. 그곳에서는 잘해야 하루에 3달러를 벌었다. 돈을 더 버는 일꾼들도 많았다. 수확한 토마토를 상자

당 계산하여 돈을 받았기 때문이다.

하루만 일하고도 루카는 온몸의 뼈마디가 쑤셨다. 똑바로 서서 걸을 수가 없어서 절뚝거리며 야영장을 돌아다녔다.

페드로가 그 모습을 보고 웃었다.

"젊은 녀석이 그렇게 약하다니! 긴 수확기를 어떻게 견디려고 벌써부터 그러냐?"

'그렇게 오래 견딜 생각 없어요!'

루카는 속으로 말했다. 로스앤젤레스로 가는 버스 삯을 벌 때까지만 여기에 있을 생각이었다. 2주 뒤에 돈을 받으면 바로 사라질 작정이었다.

다른 사람들은 오래 있을 계획으로 잠자리를 마련했다. 3년이나 4년씩 계속해서 이곳에 오는 사람들도 많았다. 그런 사람들은 11월에 토마토 수확이 끝나면 멕시코의 가족들에게 돌아갔다.

루카가 자는 곳은 야영장에 사는 유일한 여자인 루이자의 오두막 옆이었다. 그녀는 인근 도시에서 청소원 일자리를 얻으리라 기대하고 남편을 따라왔다. 아이들 둘은 멕시코 할머니 댁에 남겨 두었다. 그러나 루이자는 또 임신을 했고, 이제 일자리도 없이 이곳에 머물며 아기가 종이 상자 오두막에서 살아남을 수 있을지 걱정했다.

"왜 멕시코로 돌아가지 않아요?"

루카가 아침 식사 찌꺼기에 달려드는 파리 떼를 쫓으며

루이자에게 물었다.

루이자는 어깨를 으쓱했다.

"여기서 사는 게 오악사카보다 더 나쁘지는 않아. 멕시코에는 제대로 된 오두막이 한 채 있긴 했지만 먹을 게 없었어. 여긴 음식이 충분하잖아. 우린 아이들이 학교에 다닐 수 있도록 돈을 아껴서 집에 보낼 수도 있어. 예전에 다른 야영장에도 있어 봤는데, 거긴 거의 작은 마을과도 같았어. 몇몇 가족들이 살았고, 인근 도시들과도 편하게 연결됐지. 일자리를 구하기도 쉬웠고. 난 레스토랑에서 일했고 남편은 정원사였어. 일주일에 나흘 동안 일했는데, 집세를 내지 않았기 때문에 돈을 많이 모을 수 있었어."

"그런데 왜 여기 왔어요?"

"늘 똑같은 이야기란다. 그렇게 살다보면 언젠가는 그링고들이 우리 야영장이 자기들 집에서 너무 가깝다고 생각하게 돼. 우리가 일을 잘한다는 건 더 이상 중요하지 않아. 우리가 어디서 어떻게 사는지가 문제고, 그 사람들이 우리를 두려워한다는 게 문제가 되지. 부자들이 가난한 사람들을 무서워하는 것과 비슷한 이치야. 그래서 그 야영장은 없어지고 우리는 뿔뿔이 흩어졌어. 나랑 남편은 여기로 왔지. 난 이곳 생활을 다르게 상상했었는데…. 하지만 돈을 모으면 멕시코로 돌아갈 거야. 손에 쥔 게 하나도 없으니까 지금 갈 수는 없어. 고생한 게 모두 헛수고가 되어 버리니까."

일요일에는 일을 하지 않았다. 일꾼들은 이날 빨래를 했다. 덤불은 온통 빨래 건조대로 쓰였다. 오후에는 축구를 했다. 오래된 차바퀴를 손질하여 골문으로 사용했다.

루카는 어른들이 샤워장 짓는 일을 도왔다. 낡은 플라스틱 컨테이너로 칸을 만들어, 밭에 물을 뿌리는 호스를 칸 위에 걸쳐서 물이 나오게 했다.

"이제 여기가 점점 살기 좋아지는구나!"

페드로가 웃으며 말하자 루카도 따라 웃기는 했지만 살기 좋은 환경이란 이런 상황을 말하는 게 아니라는 것쯤은 알고 있었다.

가까운 언덕 뒤에 도시가 있었지만 야영장을 벗어나 그곳으로 가는 사람은 아무도 없었다.

"시내 사람들은 우리를 좋아하지 않아."

호세가 말했다.

"우리가 자기들 집에 들어가 도둑질을 할까 봐 두려워해. 그러니 그 사람들이 우리를 안 보는 게 좋아. 그럼 우리가 여기 있다는 것도 잊을 테니까."

"하지만 우리가 수확한 토마토는 맛있게 먹고, 또 값이 싸다고 좋아하지."

페드로가 말했다.

"미국 사람들이 토마토를 수확한다면 부자들만 먹을 수 있을 거야. 미국 사람들이 이런 저임금으로 일을 하지는 않을 테니까."

저녁이면 일꾼들은 모닥불 주위에 둘러앉아 자신들의 희망과 꿈을 이야기했다. 맥주는 지루함과 외로움을 잊는 데 어느 정도 도움이 되었다. 호세는 기타 반주에 맞추어 자기 고국 과테말라의 노래를 불렀다. 그 노래는 사람들을 추억에 잠기게 만들었다. 말소리가 점점 잦아들었다. 두고 온 가족과 집에 대한 추억, 여기까지 오기 전에 품었던 꿈들….

"하지만 여기 오기로 한 건 올바른 결정이었어. 여기에 선 내가 마음만 먹으면 일자리를 얻고 돈을 벌 수 있으니까. 정부의 약속만으로 우리 가족의 배가 부르지는 않아."

페드로가 나지막하게 말했다.

루카는 날짜를 세며 시간을 보냈다. 여기에서 얼른 벗어나고 싶을 뿐이었다. 일이 끝나면 루카는 가시덤불 아래에 파놓은 거미굴로 기어 들어갔다. 페드로가 종이 상자로 오두막을 지어 주겠다고 제안했지만 거절했다. 쓸데없는 일이었다. 첫 급료를 받자마자 여기서 사라질 작정이었으니까.

어느 날 밤 루카는 시끄러운 소리에 잠에서 깨었다. 처음 든 생각은 '국경경찰'이었다. 도망치려고 했지만 불빛이 이미 너무 가까이 와 있어서, 지금 나갔다가는 그대로 그 사람들 손에 걸려들 판이었다. 그래서 굴 안으로 더 깊숙이 몸을 감추고, 경찰이 자기를 발견하지 못하기만 바랐다.

지프차 두 대가 야영장을 휘젓고 다녔다. 총소리도 났

고, 하늘에서는 폭죽이 터졌다. 이 끔찍한 소동은 10분이 채 못 되어 끝이 났다. 지프차들이 멀어져 갔다. 잠깐 동안 아무도 움직이지 않았다. 곧이어 사방에서 사람들이 나와 취사장으로 모여들었다. 다행히 다친 사람은 아무도 없었다.

루카는 온몸을 떨며 지프차들이 또 오는 게 아닌지 계속 두리번거렸지만 다른 사람들은 느긋한 모습이었다.

"걱정 마! 언제나 한 번만 오니까. 시내에서 온 아이들이야. 일요일에 치는 평범한 장난이지."

라울이 말했다.

"하지만 총을 쐈어요!"

"허공에 쏜 거야. 가끔 물감 주머니를 던지기도 해. 그럼 아주 지저분해지지. 아니면 그저 차를 타고 야영장을 온통 휘젓고 다니면서 우리한테 욕을 퍼붓든가. 돈을 요구할 때도 있지만 오늘이 급료를 받는 날이 아니라는 걸 그놈들도 아니까."

야영장에 다시 서서히 고요가 찾아들었지만, 루카는 잠을 이룰 수 없었다. 이틀 뒤에 급료를 받으면 저녁에 바로 여기를 떠날 생각이었다. 그 사람들이 다시 돌아와 힘들게 번 돈을 빼앗을 때까지 멍하니 기다리고 싶지 않았다.

5

 루카가 2주 동안 일한 삯은 360달러였다. 루카는 아무에게도 빚이 없었으므로 떠날지 계속 일을 할지 스스로 정할 수 있었다. 그날 저녁 사람들이 모두 잠들었을 때 루카는 길을 떠났다. 페드로에게조차 작별 인사를 하지 않았다. 어두운 밭을 지나, 오가는 자동차들의 불빛이 길을 알려 주는 대로 고속도로 방향으로 걸어갔다.
 하지만 루카는 어디로 가야 할지 도무지 알 수 없었다. 자기가 지금 어디에 있는지도 몰랐다. 어떤 휴게소에서 트럭 운전사에게 부탁해서 잠깐 동안 함께 타고 가기도 했다.
 로스앤젤레스로 가는 버스를 타기 위해 투손의 버스 정류장에 도착할 때까지는 그런대로 일이 잘 진행되었다. 마지막 버스가 막 떠나서, 루카는 아침 버스를 기다리기 위해 벤치 하나를 차지하고 앉았다.

루카는 자기도 모르게 깜빡 잠이 들었다. 잠에서 깨었을 때, 루카 앞에 재미있다는 듯이 웃으며 서 있는 국경경찰이 눈에 들어왔다.

"이게 누군가? 어디 여권을 꺼내 봐."

루카는 배낭을 꼭 끌어안고 입을 굳게 다물었다.

"여권 없어?"

여권이라는 단어는 에스파냐어와 똑같이 들렸다. 루카는 영어를 잘하지 못했지만, 경찰이 지금 무엇을 보여 달라고 하는지 금방 알 수 있었다. 도망칠 생각도 잠깐 했다. 그러나 경찰은 루카의 눈빛에서 이내 그런 생각을 알아차렸다.

"도망칠 생각은 하지도 마! 저 앞에 내 동료가 있으니까. 자, 여권 어디 있지?"

루카가 고개를 저었다.

"일어나서 따라와! '바모스!' 이 말을 더 잘 알아듣겠지?"

경찰이 루카를 태운 경찰차에는 이미 다른 사람들이 몇 명 앉아 있었다. 아이가 둘 있는 가족도 있었다.

"엄마, 저 사람들이 우리를 어떻게 하나요?"

남자 아이가 엄마에게 물었다. 아이 엄마가 손가락을 입술에 대고 말했다.

"후아니토, 조용히 하렴. 그러면 아무 일도 일어나지 않아."

"아들에게 거짓말을 하면 안 돼요!"

나이 든 남자가 그 여자에게 말하고는 아이에게 얼굴을 돌렸다.

"후아니토, 우린 강제 출국 당한단다. 미국 사람들은 우리가 여기 있는 걸 좋아하지 않아. 서류가 없으면 범죄자처럼 가두었다가 국경 너머로 쫓아내지."

"난 다시 올 거예요. 내일 아침에 바로!"

젊은 남자가 이렇게 말하고 히죽 웃었다. 이 모든 일이 무척 재미있다는 투였다. 그가 루카를 쿡쿡 찌르며 물었다.

"넌 어때? 나랑 같이 다시 올 테야?"

하지만 루카는 아직도 충격에서 벗어나지 못한 상태여서 바닥만 내려다볼 뿐 한 마디도 입 밖에 낼 수 없었다.

모든 것이 헛수고였다.

'배낭에 아빠 칼라베라를 담은 채 여기 경찰차에 앉아 있고, 이제 멕시코로 돌아가야 한다.'

이런 경우에 어떻게 해야 할지는 미처 계획하지 못했다.

붙잡힌 사람들은 경찰서로 가서 넓은 방에 들어갔다. 벽 한쪽에는 큰 유리창이 달린 유치장이 있었다. 그곳에는 이미 잡혀 온 다른 사람들이 바닥에 앉아 있거나 누워서 졸고 있었다. 여자와 아이들도 많았다.

루카가 유치장에 들어가기 전에 경찰이 조서를 만들었다. 얼굴 사진과 지문도 찍었다.

"여기 처음이냐?"

그 질문에 루카가 미처 대답을 하기도 전에 경찰이 덧붙였다.

"거짓말할 생각은 말아라. 금방 밝혀질 테니까. 네 지문이 우리 자료에 이미 들어 있으면 널 감옥에 보낼 거다. 아니면 그냥 강제 출국만 시키고. 그러니 어떻게 대답해야 할지 잘 생각해서 말해!"

"처음이에요."

루카가 낮은 목소리로 말했다.

"그리고 마지막이길 바란다!"

경찰이 대답했다.

다음 날 루카는 경찰 버스를 타고 전날 보았던 젊은 남자 옆에 앉아 국경 방향으로 실려 갔다. 그 남자가 루카를 보고 웃었다.

"다행이야! 하지만 이제부터 조심해야 돼!"

멕시코 국경 바로 앞에서 문이 열리고, 버스 안에 있던 모든 사람이 멕시코 경찰에게 넘겨졌다. 멕시코 경찰은 다음 모퉁이에서 "또 잡히지 마!" 하고 소리치며 사람들을 풀어 주었다. 그러나 놓아 주기 전에 한 사람씩 몸을 수색하고 현금을 모두 빼앗았다.

사람들은 돈이 별로 없었다.

루카의 달러 지폐를 본 경찰들이 히죽거리며 웃었다.

"뒈진 보람이 있군!"

"그건 내 돈이에요! 내가 일해서 벌었다고요!"

루카는 화가 나서 반항했다.

"네 돈이었지. 자, 한 번 더 봐라. 하지만 지금부터는 우리 돈이야!"

루카는 경찰들이 돈을 주머니에 집어넣고 사라지는 모습을 어쩔 줄 모르고 그저 바라보고만 있었다.

"너 이제 돈이 다시 필요할 것 같은데?"

버스에 같이 앉았던 젊은이가 말했다.

"난 에두아르도야. 우린 너 같은 사람이 늘 필요하지. 따라와."

루카는 어차피 그날 밤을 어디서 보내야 할지 몰랐으므로 그 남자를 따라갔다. 둘은 아무도 없는 시내의 어두운 도로를 뛰어갔다. 반쯤 무너진 집들, 술집에서 새어 나오는 불빛, 관광객에게 물건을 파는 가게 하나….

"여기가 어디에요?"

"아구아 프리에타. 밀수업자들의 천국에 온 것을 환영한다!"

루카는 에두아르도가 국경을 반복하여 넘나들지만 붙잡힌 것은 이번이 처음이라는 사실을 알게 되었다. 에두아르도가 국경을 넘는 이유는 일자리나 친척을 찾기 위해서가 아니었다. 그는 마약을 전달하면서 많은 돈을 벌고 있었다. 코카인을 건너편에 넘겨주고 다시 돌아오곤 했던 것이다.

루카는 에두아르도와 그의 동료들과 함께 호텔 뒷방에 앉아, 굶어죽을 듯 배고픈 상태에서 토르티야를 꿀꺽 삼키며 모든 이야기를 들었다.

"원래 목적지는 어디야?"

에두아르도의 질문에 루카가 대답했다.

"엄마를 찾아 로스앤젤레스까지 가요."

"배낭에 봉지 몇 개 넣을 자리는 있겠지? 넣고 가겠다면 우리가 널 안전하게 국경 너머로 데려다 주지."

루카는 이 사람들이 싫다는 대답은 허용하지 않을 것이라는 나쁜 예감이 들어, 앉은 채 고개를 끄덕거렸다. 또 혼자 국경을 넘어갈 용기도 사실 없었다. 이곳은 전혀 모르는 지역이었다.

에두아르도가 하얀 가루가 든 봉지를 나누어 주자 아이들은 배낭에 되도록 많이 넣으려고 애를 썼다.

"넌 배낭에 뭘 가지고 다니는 거지?"

에두아르도가 물었다.

"배낭이 벌써 반은 찼잖아. 물건을 여기에 그냥 두면 안 될까? 국경을 넘어가서 모두 새로 살 수 있을 텐데."

"장례를 치러야 해요."

루카가 대답했다.

"하지만 어디에 묻을지 몰라요. 로스앤젤레스에 묻거나 아니면 고향 산 에스테반에 묻어야겠지요."

"너 지금 시체 한 구를 끌고 다닌다는 뜻이야?"

"시체는 아니고, 우리 아빠 칼라베라예요."

"해골…?"

루카가 고개를 끄덕였다.

"사막에서 살해당했어요. 야생 동물들 때문에 그곳에 그냥 둘 수 없었어요."

방 안이 갑자기 조용해졌다. 모두 루카의 배낭을 바라보는 바람에 루카는 겁에 질려 배낭을 품에 더 꼭 껴안았다.

"그래, 됐어."

에두아르도가 안심시키려는 듯이 루카의 어깨에 자기 손을 얹었다.

"할 수 없지. 그럼 다른 사람들처럼 많이 나를 수 없으니까 돈도 조금밖에 줄 수 없어. 괜찮아?"

루카는 안도하며 고개를 끄덕였다.

루카 일행은 그날 밤 길을 떠났다.

이번에는 잠깐 동안만 사막을 지났을 뿐, 그 뒤로는 산을 오르는 여정이었다. 루카는 대장 역할을 하는 에두아르도 뒤에 바짝 붙어서 갔다.

"산으로 가면 시간이 더 걸리긴 하지만, 몇 킬로미터 밖에서부터 일찌감치 우리 모습을 들키는 일은 없으니까. 그리고 국경경찰은 여기로 올 생각은 감히 하지 못해."

숨을 헉헉거리며 정상에 도착했을 때, 에두아르도가 루카에게 설명했다.

국경이 눈에 들어오자 모두 몸을 숙였다. 에두아르도가 조심스럽게 사방을 살피고 나서 속삭였다.

"문제는 담장이 아니야. 국경은 여러 칸으로 나뉘어 있고, 곳곳에 감지기가 숨겨져 있어. 우리가 담장을 넘는 순간 국경경찰 본부에 경고등이 번쩍일 거야. 그러면 누가 어떤 칸으로 국경을 넘어왔다는 걸 금방 알게 되지. 곧 경찰차가 출동해. 우리가 운이 나쁘면 경찰이 바로 이 근처에 있을 수도 있다고. 그러면 잡으러 오는 데 몇 분밖에 걸리지 않아. 그러니 최악의 경우를 염두에 두고 행동하자. 내가 달려, 하면 담장을 기어올라서 뒤도 돌아보지 말고 달려!"

에두아르도가 허리춤에서 권총을 꺼내 아이들에게 손짓을 했다.

"달려!"

루카는 다른 아이들과 함께 담장을 향해 달렸다. 담장은 여기에서 몇 킬로미터 떨어진 동쪽에 있던 담장과 비슷했고, 2주 전에 루카는 그 아래 구멍을 헤집고 들어갔다. 그곳에도 감지기가 있었을까? 에밀리오는 그런 말은 하지 않았다. 형을 생각하기만 하면 루카는 속이 메슥거렸다.

루카는 배낭을 건너편으로 던져 놓고 담장을 기어올랐

다. 담장을 넘은 다음에는 다른 아이들과 함께 더 이상 국경이 보이지 않을 때까지 마구 달렸다. 처음에는 경사가 급한 오르막길이었고, 그 다음에는 다시 내리막길이었다. 여름에는 물이 거의 없는 작은 개천을 지났고, 그 뒤에는 다시 산을 올랐다.

몇 시간 동안 계속 산을 올라갔다 내려가는 일을 반복했다. 그 지역에는 사람이 없었다. 딱 한 번 덜컹거리며 산길을 오르는 자동차가 한 대 보였을 때, 모두 얼른 근처에 있는 덤불 뒤로 몸을 숨겼다. 에두아르도가 혼자 살금살금 걸어갔다가 몇 분 지나지 않아 웃으며 돌아왔다.

"관광객이야. 아마 길을 잃은 모양이야. 하지만 나중에 괜히 우리를 신고하면 안 되니까, 저 사람들이 완전히 사라질 때까지 기다리는 게 좋겠어. 지금까지 국경경찰이 여기에 나타나는 일은 드물었어."

"우리가 관광객들을 놀라게 해서 쫓아 버리면 되잖아요! 그 사람들 자동차를 타면 더 빨리 움직일 수 있을 텐데!"

한 아이가 제안했다.

"굉장히 좋은 아이디어로군! 그러면 내일부터 국경경찰 전체가 우리를 쫓아오겠지? 지금까지는 여기에 표시판만 세우고 금방 다시 사라졌는데 말이야. 앞으로도 계속 그런 상태로 있어야 해!"

에두아르도가 웃으며 도로 가장자리에 있는 갈색 표시

판을 가리켰다. 커다란 글씨로 불법 입국자와 밀수업자들을 조심하라고 써 놓은 경고 표시판이었다. 에두아르도가 표시판에 돌을 던졌다.

"누구에게 조심하라고 경고하는 거죠?"

루카가 물었다.

"그러게 말이다. 관광객들은 어차피 여기 별로 오지 않아. 우리한테는 잘된 일이지. 이곳은 코카인 밀수업자들을 위한 고속도로나 마찬가지인데, 우린 구경꾼들을 좋아하지 않으니까."

해가 막 떠올랐을 때 에두아르도가 아이들을 멈추어 서게 했다. 그가 루카에게서 하얀 가루가 들어 있는 봉지를 다시 받아들고, 루카의 손에 50달러를 쥐어 주고 말했다.

"여기서 1킬로미터 더 가면 주유소가 있고, 그 옆에 모텔이 하나 있어. 거기 가서 마리아를 찾아서 내가 널 보냈다고 말해. 그러면 네 엄마에게 전화를 할 수 있을 거야. 엄마더러 널 데리러 오라고 해. 그게 버스를 타는 것보다 안전해. 네가 입을 벙긋 하기만 해도 경찰들은 네가 불법 체류자라는 사실을 알게 될 테니까. 그리고 다른 그링고들도 믿으면 안 돼. 네가 여기에 불법 체류 중이라는 걸 잊지 마. 미국 사람들은 우리를 '불법 외계인'이라고 불러. 마치 지구 바깥에서 왔다는 듯이. 또 실제로 우리를 그렇게 취급하지. 행운을 빈다. 잡히지 마!"

엄마에게 전화를 하라는 말은 계획으로는 좋은 생각이었다. 하지만 루카는 이모네 전화번호를 몰랐다. 그렇긴 해도 모텔에서 룸 메이드로 일하는 마리아는 여러 가지로 도움을 많이 주었다. 그녀는 루카가 낮에 빈 방에서 잠을 잘 수 있게 해주었고, 타코(토르티야에 고기나 채소를 얹은 멕시코 식 샌드위치)와 음료수도 주었다. 루카는 마리아가 아주 고마웠지만, 그래도 그녀를 다 믿지는 않았다. 혹시 국경경찰에게 신고를 할지도 모르니까.

"걱정 마!"

루카의 불신을 눈치 챈 마리아가 말했다.

"여긴 안전해. 내가 처음 국경을 넘어왔을 때, 정말 어떤 멕시코 남자가 날 고발했지. 그 남자는 자기가 여기서 10년째 살고 있고, 체류허가증도 가지고 있다고 했어. 하지만 우리가 점점 더 많이 오니까 그링고들이 우릴 거부했고, 예전에 멕시코에서 온 사람들도 모두 힘들어했지. 그래서 그 남자는 불법 체류 중인 멕시코 사람들을 보면 곧바로 고발을 한 거야. 난 그 남자가 창피했어.

오늘 오후 다섯 시에 로스앤젤레스로 가는 버스가 있어. 내가 그 버스 운전사를 잘 아니까 걱정하지 마."

6

 몇 시간 뒤, 버스 운전사는 로스앤젤레스의 한 구역이자 루카의 이모가 사는 산타아나 중심가에 버스를 세웠다. 루카는 겨드랑이에 배낭을 끼고 버스에서 내렸다. 놀란 눈으로 주변을 둘러보던 루카는 자기가 지금 꿈을 꾸고 있다고 생각했다. 여기가 미국에서 두 번째로 큰 도시라고? 하지만 루카의 눈앞에서 벌어지는 일은 멕시코 어딘가에서 일어난다고 해도 이상하지 않을 것 같았다.

 큰 도로 중간 곳곳에서 "비바 메히코!"를 외치는 소리가 들렸다. 주변 사람들은 크게 웃으며 모두 에스파냐어로 말했다. 영어는 한 마디도 들리지 않았다. 토르티야와 구운 옥수수 냄새도 풍겼다. 흰색과 초록색과 붉은색의 삼색 깃발들이 물결쳤고, 상점마다 멕시코 민속 음악이 울려 퍼졌다. 한

책방에는 거의 에스파냐어 책들뿐이었고, 디브이디(DVD)와 시디(CD)도 대부분 에스파냐어로 된 것들이었다.

중심가의 큰 무대에는 마리아치 밴드가 사랑과 행운, 부유함과 죽음에 대한 노래를 부르고 있었다. 오늘 새벽에 국경을 넘어서 지금 막 미국 땅에 도착했다는 사실을 다시 떠올려 확인하면서도, 루카는 눈앞의 현실을 믿기 어려웠다. 로스앤젤레스 한복판에서, 멕시코와 멕시코 축제의 중심에 서 있는 자기 자신을.

거기에는 미국 회사의 상품 진열대도 있었다. 한 은행은 복권을 추첨하는 회전 기구와 여러 가지 상품으로 멕시코 고객들을 유치하려고 애썼다.

미군들도 한자리를 차지하고 있었다.

"입대할 마음 없어?"

군인 한 명이 친근하게 말을 붙이며 서류와 볼펜을 코앞에 내미는 바람에 루카는 소스라치게 놀랐다.

"이 서류만 작성하면 네 장래는 보장이 돼."

"에스 베르다드(사실이야)!"

군인 옆에 있던 젊은 멕시코 사람이 말했다.

"군대에서 경력을 쌓을 수 있어. 학교 졸업장이 없어도!"

"자, 어때? 경력을 쌓을 마음이 없어?"

루카는 어쩔 줄 몰라 하며 군인을 바라보았다. 학교에서 배운 영어 단어와 문장들은 바람에 쓸려 나간 듯 하나도 떠

오르지 않았다.
군인이 웃음을 터뜨렸다.
"걱정 마! 서류가 없는 사람은 너뿐이 아니니까. 우린 용병 부대라 그런 거 상관 안 해. 우리 부대에는 독일과 프랑스, 오스트레일리아, 멕시코와 브라질에서 온 군인들도 있어. 우린 미국을 위해 충성을 다하는 뛰어난 사람들이 필요할 뿐, 서류가 있든 없든 아무 상관 안 해!"
"난… 이제… 겨우 열다섯 살이에요!"
루카가 말을 더듬으며 대답했다. 금방이라도 군인이 달려들어 수갑을 채워 어디론가 끌고 갈 것만 같았다.
"그래? 그럼 3년 뒤에 보자! 같은 장소, 같은 시간에. 나중에 봐!"
루카는 얼른 그 자리를 벗어났다.
차도는 자동차가 다니지 못하게 막혀 있었고, 보도에는 여기저기 멋지게 차려 입은 사람들이 앉아 있었다. 행복한 가족, 깃발을 흔드는 아이들이 거리 가장자리에서 음식을 펴 놓은 채 먹고 있었다.
루카는 구운 옥수수를 하나 사서 사람들 옆에 자리를 잡고 앉았다. 무슨 이유로 축제를 벌이는지 몰랐지만, 어쨌든 루카는 집으로 돌아온 느낌이었다.
화려하게 장식한 첫 번째 차가 루카 앞을 지나갔다. 말을 탄 기사, 인디언 복장을 한 댄스 그룹, 마리아치 밴드, 멕시코 전역의 전통적인 복장을 한 민속 음악 그룹들이 그 뒤를 따랐다. "비바 메히코!" 함성도 끊이지 않고 들렸다.

해골 옷을 입은 그룹도 춤을 추며 지나갔다. 해골 하나가 루카가 앉아 있는 보도 쪽으로 아주 가까이 다가왔다. 그는 살짝 몸을 굽히더니 루카의 손에서 배낭을 빼앗아 들고는 춤을 추며 앞으로 갔다. 루카는 깜짝 놀라 벌떡 일어나 해골을 따라 뛰었다. 도로 가장자리에 있던 사람들이 모두 웃으며 루카를 응원했다. 루카가 해골 그룹을 따라잡자, 그 사람들이 루카를 중심으로 원을 그리고 춤을 추며 배낭을 이리저리 던졌다.

루카는 가운데 서서 어쩔 줄 몰라 하며 배낭을 잡으려고 애를 썼다. 사람들이 잘못하여 배낭을 땅에 떨어뜨려 칼라베라가 부서질까 봐 너무 걱정스러웠다.

해골 그룹이 이제 지루해졌는지 배낭을 그의 손에 쥐어 주었다. 그 중 한 명이 크게 울리는 목소리로 루카에게 말했다.

"지상의 온갖 것들은 오로지 네가 그것들과 작별해야 한다는 것을 가르쳐 주기 위해 존재한다. 넌 아직 많이 배워야 해!"

루카는 후들후들 떨리는 다리로 자기 자리로 돌아갔다. 주변 사람들이 박수를 쳤다.

두 시간 동안 퍼레이드가 계속되었다. 그러다가 루카는 매년 9월 15일에 이 축제를 여는 이유가 쓰여 있는 차량 한

대를 보게 되었다. 루카는 몇 주일 전부터 달력도 없이 지냈다. 해가 뜨고 지는 데 맞추어 생활을 하다 보니, 중앙아메리카와 남아메리카 전역에서 열리는 이 축제를 까맣게 잊고 있었다.

매년 9월 15일이면 마을마다 퍼레이드와 더불어 노점과 악단이 함께 벌이는 거대한 축제가 열렸다. 에스파냐로부터 독립한 것을 축하하는 축제였다. 아메리카 대륙을 수백 년 동안 식민지로 점령했던 에스파냐는 백 년도 더 전에 쫓겨났다.

루카는 해마다 신이 나서 축제에 참가했다. 그러나 지금 그링고들 사이에서 벌어지는 이런 거대한 퍼레이드는 아마 멕시코의 수도에서만 볼 수 있을 것이다.

퍼레이드가 끝나자 사람들이 흩어졌다. 루카는 피곤했다. 이모네 집이 어디인지 여전히 몰랐다. 루카는 어떤 상점에서 시내 지도를 한 장 얻었다. 상점 직원은 이모가 사는 거리를 표시한 다음, 버스가 어디서 떠나는지 알려 주었다.

루카는 자기 가족이 토마토 밭의 야영장과 비슷한 곳에서 살고 있을지도 모른다고 내내 걱정했다. 페드로는 루카에게 캘리포니아에는 도시 가장자리의 산 속에 숨어 있는 야영장들이 많으며, 레스토랑과 작은 상점들도 있다고 말해 주었다. 물론 모두 종이 상자와 함석판으로 지은 집들이라고 했다. 루카는 그런 야영장에서는 도저히 몇 년씩 지낼 수 없을 거라고 생각했다.

집을 찾던 루카는 단독주택들이 줄지어 서 있는 조용한 샛길로 접어들었다. 집들을 보고 깜짝 놀랐지만, 다른 한편으로는 마음이 놓였다. 집집마다 깨끗하게 손질된 아담한 앞뜰이 있었다. 루카는 도무지 믿을 수가 없어서 거리 표지판과 이제 더 이상 읽지 못할 정도로 낡은 자기 쪽지에 적힌 주소를 비교해 보았다.

루카는 4518번지 앞에 섰다. 여기에 엄마가 산다고 했다. 하얀 문은 어찌나 반짝거리는지 페인트 공이 금방 칠을 하고 붓을 내려놓은 것만 같았다. 현관으로 향한 길은 화려한 꽃이 핀 화분들로 둘러싸였고, 그 옆은 차고로 들어가는 길이었다. 차고는 차가 두 대 들어갈 정도로 넓었다. 집 앞 잔디밭에는 커다란 야자나무 한 그루가 있었는데, 매일 신경을 써서 물을 주는 것 같았다. 집 모양이 너무 우아해서 루카는 망설이다 대문으로 다가갔다.

초인종 옆에 이모의 이름이 보였다.

루카는 숨을 깊이 들이마셨다. 드디어 도착했다!

초인종을 누르고, 가슴을 두근거리며 기다렸다.

루카는 이모를 본 적이 없었다. 이모는 벌써 25년 전에 여기로 왔다. 이모의 남편인 디에고 이모부도 당연히 본 적이 없었다. 엄마와 누나도 벌써 몇 년이나 만나지 못했다. 내가 엄마를 알아보지 못하거나 엄마가 날 못 알아보는 건 아닐까? 엄마는 내가 오는 걸 모르고 있는데. 엄마는 뭐라고 말할까? 내가 온 게 혹시 방해가 되는 건 아닐까?

아무도 문을 열지 않았다.

루카는 어쩐지 안심이 되는 기분이었다. 지난 몇 년 동안이나 다시 만날 순간을 기다렸지만, 마지막에 일들이 너무 빠르게 진행되었기 때문이다.

잔디밭의 큰 야자나무 아래 앉아서 식구들을 기다리다가 깜박 잠이 든 루카는 흥분한 듯한 고함 소리와 흐느낌, 환호성 때문에 잠에서 깼다. 누군가 너무 꽉 안아서 숨을 쉴 수가 없었다. 깜박거리며 눈을 뜨자, 부드럽게 머리를 쓰다듬는 엄마의 얼굴이 눈앞에 보였다. 엄마는 계속 "루카!"를 외치며 루카를 끌어안았다.

나중에 이때를 떠올릴 때마다 루카는 자기를 끌어안고 잘 왔다고 환영해 주었던 사람들만 기억이 났다. 국경일인 이날 어차피 엄마와 이모는 친구들을 불러 잔치를 벌일 생각이었다. 이웃들도 루카가 왔다는 소식을 듣고는 각자 마련한 음식들을 싸 들고 와서 성대한 잔치가 펼쳐졌다.

이모네 집에 모두 몇 사람이나 모였는지 셀 수도 없었다. 엄마는 한순간도 루카 옆을 떠나지 않았다.

파트리시아 누나는 알아볼 수 없을 정도였다. 누나는 이제 열일곱 살이고, 고등학교 졸업반이라고 했다. 미겔 형도 왔다. 형은 결혼해서 벌써 아이가 둘이었다.

루카는 할머니와 단 둘이 살 때, 예전처럼 가족이 모여 함께 사는 꿈을 자주 꾸었다. 그 꿈은 이렇게 거의 이루어졌다.

루카는 자기가 어떻게 국경을 넘었는지 되풀이해서 설명해야 했다. 자세하게 설명을 하기는 했지만, 에밀리오 형을 만났다는 것과 사막의 무덤 이야기는 빼놓았다. 배낭은 이미 자기 침대 밑 안전한 장소에 숨겨 놓았다.

"옛날이랑 비슷하구나!"

엄마가 루카를 꼭 끌어안으며 말하고는 작은 목소리로 덧붙였다.

"네 아빠와 에밀리오만 없어. 하다못해 에밀리오만이라도 있었더라면. 네 형에게서는 아직도 소식이 없단다. 마르타 이모의 주소를 알고 있을 텐데. 어쩌면 아파서 우리의 도움이 필요할지도 몰라. 난 에밀리오 때문에 걱정이 많단다. 사람을 시켜서 찾아보는 게 좋겠어."

'절대 안 돼요! 형은 사막에 있어야 해요. 사막이 형이 있을 자리니까! 코요테! 형이 무슨 짓을 했는지 안다면, 엄마도 형을 여기에 들여놓지 않을 거예요!'

루카는 이렇게 생각하며, 실수로 말이 입 밖으로 나오지 않도록 입술을 세게 깨물었다.

"엄마가 어쩌면 형을 못 알아볼지도 몰라요. 너무 많이 변해서…."

루카가 이렇게 말하자, 엄마는 화가 나서 목소리를 높

였다.

"내 아들을 못 알아본다고? 아이가 가면을 쓰고 있어도 엄마는 자기 자식을 알아보는 법이다. 네 경우야 다르지. 에밀리오가 집을 나갔을 때 넌 겨우 일곱 살이었으니까. 형 얼굴이 기억나니?"

루카는 침을 삼키다가 기침이 터졌다. 기침이 멈추었는데도 시간을 벌기 위해 한참 더 기침을 했다.

"너 노갈레스를 지나왔잖아. 거기서 형 소식을 듣지 못했니?"

엄마가 계속 물었다.

루카를 내내 주의 깊게 관찰하던 미겔이 루카의 등을 두드리며 말했다.

"나도 형을 알아볼 수 있을 것 같지 않아요."

그때 다행스럽게도 손님들이 새로 와서 루카에게 인사를 하겠다고 했다. 이제 더는 대답을 하지 않아도 되었다. 루카는 아무도 에밀리오 형 이야기를 더 이상 묻지 않기를 바랐다. 루카에게 형은 아빠와 마찬가지로 죽은 사람이었다. 아빠의 죽음에 책임이 있는 에밀리오 형….

7

　산타아나의 가족과 친구들, 그리고 아는 사람들은 일주일 내내 루카를 방문하거나 초대하며 미국에 무사히 온 것을 축하해 주었다. 루카는 엔칠라다, 몰레, 케사디야, 파누초, 토스타다, 포솔레 등 온갖 멕시코 음식들을 먹어 볼 수 있었다.
　루카는 그때마다 사막과 토마토 밭과 마약 밀수업자들에 대해 이야기해야 했다. 마르타 이모가 아는 사람들은 대부분 언젠가 국경을 불법으로 넘었던 사람들이지만, 이제 체류허가증을 받은 사람들도 많았다. 사람들은 기억을 되살리며 그때의 경험을 서로 나누었다.
　그러나 예전에 국경 도시에 금속 담장이나 비디오 감시 카메라, 감지기가 없을 때는 국경을 넘기가 훨씬 더 쉬웠다고, 이제 그것들 때문에 사람들이 점점 더 위험한 사막을 지나야 한다고 모두 입을 모아 말했다.

마르타 이모네서 시작된 루카의 새로운 삶은 야영장의 거미굴과 비교하면 하늘과 땅 차이였다. 폭풍우나 비, 술 취한 그링고들의 습격을 두려워하지 않아도 되었다. 여기 집 안에 있으면 안전했다.

밭에 물을 주는 호스 대신 이곳에는 번쩍이는 수도꼭지가 있어서, 기분에 따라 찬물과 뜨거운 물을 마음껏 섞어 쓸 수 있었다. 냉장고에는 시원한 과일주스와 음식들이 가득했다. 루카는 한번에 이렇게 많은 음식을 본 적이 없었다.

낙원에서의 생활, 모든 멕시코 사람들이 꾸는 꿈이 여기서는 현실이었다.

그러나 이 낙원이 힘들게 일해서 얻어졌다는 사실을 다음 몇 주 동안 확실히 알 수 있었다. 루카가 지금 머물고 있는 이 집은 마르타 이모와 디에고 이모부가 대출로 산 것이었다. 두 사람은 식비와 아이들 교육비를 빼고는 한 푼도 남김없이 은행 빚을 갚는 데 썼다.

트럭 운전을 하는 디에고 이모부는 주중에는 집을 비웠고, 주말에도 가끔씩은 오지 못했다. 하지만 이모는 이모부에게 안정된 직업이 있어서 언제나 돈을 가지고 온다는 데 만족했다. 이모는 이미 15년 전부터 저녁마다 커다란 사무실 건물들을 청소하는 용역 회사에서 일했다. 루카의 엄마도 그곳에서 일자리를 얻었다. 이모의 아이들 셋은 아직 학교에 다녔는데, 캘리포니아 의대에 다니는 큰 아들 카를로스는 이모와 이모부의 자랑거리였다.

카를로스만 루카가 온 것을 별로 기뻐하지 않았다. 특히 자기 방을 루카와 함께 써야 해서 더 그랬다.

"조금 좁게 지내도 돼. 멕시코에서는 더 좁게 지낸단다."

이모부가 카를로스의 반대를 묵살하며 말했다.

"우린 지금 멕시코에 있는 게 아니잖아요!"

카를로스가 쌀쌀맞게 대꾸했다.

"하지만 멕시코 가족이야. 그러니 어떤 경우라도 서로 도와야 해! 이제 그만해라!"

카를로스는 하려던 말을 삼키고 루카를 한 번 쏘아본 뒤 바깥으로 나갔다.

조금 뒤에 루카는 자동차 모터가 부릉거리는 소리를 듣고서야 안도의 숨을 내쉬었다. 그때부터 카를로스는 다행히 여자 친구 집에서 밤을 새고 들어올 때가 많았다.

루카의 엄마는 루카 가족이 쓰는 방 두 개의 비용과 생활비로 자기 월급의 일부를 이모에게 주었다. 방 하나는 파트리시아가 쓰고, 다른 한 방은 엄마와… 페르난도가 썼다.

페르난도는 엄마의 남자 친구였다. 루카는 처음에 큰 충격을 받았다. 몇 주가 지나도 그 충격은 가시지 않았다. 아빠가 살았는지 죽었는지도 모르면서 엄마가 벌써 아빠 대신 다른 남자와 산다는 것을 이해할 수 없었다.

아빠보다 더 작고 뚱뚱한 페르난도는 큰소리로 잘 웃는 사람이었다. 루카는 그를 본 순간부터 싫었고, 그런 감정을 굳이 감추지 않았다. 페르난도가 뭔가 물으면 루카는 아주 짧고 간단하게 대답했고, 필요한 말 외에는 한 마디도 더 하지 않았다. 페르난도가 거실로 오면 루카는 자리를 떴고, 어쩔 수 없이 모두 식사를 하는 자리에서도 자기 쪽에서 먼저 말을 거는 일은 절대 없었다.

루카는 자신의 이런 행동이 엄마를 슬프게 한다는 것을 눈치 챘다. 물론 엄마가 직접 말을 한 적은 한 번도 없었다.

"아빠는 벌써 8년째 행방불명이야."

미겔 형이 엄마를 변호했다.

"아빠한테서는 아무런 연락도 없고, 아직 살아 계시다는 증거도 전혀 없어. 그리고 우리가 알던 사람이 아빠가 돌아가셨다는 말을 들었다고 그때 말했잖아. 아빠가 사막에서 돌아가셨다면 앞으로도 증거가 나올 리 없어. 너 뭘 바라는 거야? 엄마가 평생 아빠를 기다리는 헛수고를 해야 해? 엄마는 새로운 행복을 찾을 권리가 있어."

"난 그 남자가 싫어!"

"넌 아직 그 아저씨를 잘 몰라. 그러니 아저씨에게 기회를 한 번 줘! 엄마한테 잘 하는 분이니까. 다른 사람들은 모두 아저씨를 좋아해. 파트리시아조차도. 그 아저씨는 디에고 이모부를 도와서 집 대출을 함께 갚아. 이제는 가족이나 마찬가지야."

페르난도 때문이 아니었다. 페르난도는 루카와 잘 지내기 위해 무척 애를 썼다. 루카에게 새로운 시디를 가져다주었고, 중고 컴퓨터를 손질하고 연결해서 루카에게 사용 방법도 알려 주었다.

페르난도 아저씨가 그저 엄마가 아는 사람이라거나 엄마의 직장 동료라면 얼마나 좋을까! 그는 하드웨어와 소프트웨어 전문가였다. 두 사람은 저녁에 자주 컴퓨터 앞에 함께 앉아 시간을 보냈고, 페르난도는 그때까지 루카가 몰랐던 인터넷과 컴퓨터 게임 세계의 비밀을 가르쳐 주었다.

"난 네 엄마와 결혼하고 싶다."

어느 날 저녁 페르난도가 말했다.

"하지만 네 엄마가 싫대."

루카가 어깨를 으쓱하며 말했다.

"그게 나랑 무슨 상관이에요?"

"네 엄마는 네 아빠가 정말 돌아가셨는지 알고 싶은 거야. 넌 노갈레스에 있었잖아. 네 아빠와 아마 같은 길로 국경을 넘었을 텐데, 난 네가 아빠와 형을 찾으려 했다고 생각한다. 혹시 보거나 들은 거 없니? 우린 확실한 증거가 필요해."

'그 증거가 바로 옆 옷장에 넣어 놓은 배낭 안에 들어 있다는 걸 이 아저씨가 안다면!'

루카는 이렇게 생각하며 고개를 저었다.

"저는 노갈레스에서 하룻밤만 묵었어요. 듣고 본 게 아무것도 없어요. 죄송하지만, 저 피곤해요."

페르난도가 일어나 문 쪽으로 걸어갔다.

"루카, 난 네 엄마를 아주 많이 좋아한다. 너도 언젠가 그걸 이해해 줬으면 좋겠다."

루카는 그의 등 뒤에서 문을 닫았다.

그런 다음 몇 번이나 그랬듯이, 옷장에서 배낭을 꺼내 침대에 걸터앉았다. 그러고는 해골을 침대 위에 올려놓았다.

"아빠를 이제 어떻게 해야 하죠? 엄마에게 말해야 할까요? 적어도 이 부분은 설명할까요? 아빠를 더 이상 기다릴 필요가 없다는 걸 엄마가 알아야 해요. 아빠가 돌아가셨다는 것만이라도 엄마가 알아야 해요."

루카는 손으로 해골을 조심스럽게 쓰다듬으며, 눈이 있던 구멍을 바라보고 말했다.

"하지만 그러면 페르난도 아저씨가 엄마와 결혼하겠지요. 아빠나 나는 그 아저씨가 어떤 사람인지 전혀 몰라요. 아저씨는 친절하긴 하지만, 어쩌면 엄마와 결혼하는 걸 내가 반대할까 봐 억지로 그러는 걸지도 모르잖아요. 좀 더 관찰해 봐야겠어요. 그리고 에밀리오 형은? 아빠는 내가 엄마에게 형 이야기를 해야 한다고 생각하세요? 절대 안 돼요! 그건 형이 직접 해야 해요!"

루카는 깨끗한 수건으로 해골을 싸서 배낭에 다시 넣었다. 그런 다음 카를로스가 비워 준 옷장 반쪽의 맨 뒤에 배낭을 잘 숨기고 침대에 누웠다.

8

 마르타 이모와 디에고 이모부의 집에는 넓은 거실과 문 없이 탁 트인 부엌이 있었다. 부엌에는 엄청나게 큰 식탁이 놓여 있었다. 2층에는 침실이 네 개였고, 집 뒤에는 연못이 딸린 작은 정원도 있었다. 디에고 이모부는 연못에 비단잉어를 길렀고, 크게 자라면 친구와 아는 사람들에게 팔았다.
 이모나 엄마가 휴가를 낼 수 없었기 때문에 루카는 한동안 낮에 혼자서 집에 있었다. 하지만 그런 것은 별로 상관없었다. 지난 몇 달 동안 바깥 생활은 충분히 했으니까. 루카는 언제나 소파에 누워 텔레비전 프로그램을 이리저리 돌려보며 지냈다. 엄마는 텔레비전을 보라고 강요하기까지 했다.
 "지금 중요한 건 네가 영어를 배우는 거야. 처음에는 텔레비전이 가장 좋은 방법이다. 그러니 에스파냐 방송은 금지야! 그리고 절대로 집 바깥에 나가면 안 돼!"

마르타 이모도 루카에게 절대 거리로 나가지 말라고 일렀다.

루카가 무슨 소리냐는 듯이 바라보자 이모는 그냥 이렇게만 말했다.

"경찰이 다니면서 불법 체류자를 찾는단다. 경찰이 너한테 뭘 물었는데 네가 에스파냐어로 대답하면, 넌 순식간에 멕시코로 추방돼. 또 우리 모두 위험해지고."

이 말을 들은 루카는 국경을 처음 넘을 때부터 따라다니던 공포를 다시 느꼈다.

"이모네 식구는 영주권이 있어서 합법적으로 산다고 생각했는데요?"

이모는 잠깐 망설이다가 엄마와 눈빛을 주고받은 뒤 루카에게 말했다.

"그래. 우리는 여기 살 수 있어. 하지만 그건 우리가 미국 시민처럼 행동할 때만 유효해. 멕시코 불법 체류자를 숨겨 주는 건 미국 시민처럼 행동하는 게 아니지. 어떤 벌을 받게 될지는 모르지만, 어쨌든 우리가 미국 시민권을 얻는 데 좋지 않은 영향을 주리라는 건 확실해. 어쩌면 영주권을 빼앗길지도 모르고. 그러니 바깥에 나가지 말고 집에 있어라. 앞으로 어떻게 해야 좋을지 주말에 생각해 보자."

일주일 뒤에 가족회의가 열렸다. 식구들이 모두 식탁에

둘러앉았다. 이모부가 이야기를 시작했다.

"이곳 생활은 아주 힘들다. 제대로 된 교육을 받지 못하면 더욱 힘들지. 그러니 루카도 우리 아이들이나 파트리시아처럼 다시 학교에 가야 해. 적어도 고등학교는 졸업해야 한다."

"미겔 형이 자기가 일하는 호텔에 일자리를 하나 마련해 줄 수 있다고 했어요."

다시 학교에 다니는 일은 상상도 하기 싫어서 루카는 이렇게 대답했다. 루카는 돈을 벌고 싶었다. 그것도 많이, 그리고 빨리. 오늘 저녁, 자기편을 들어줄 미겔 형이 일 때문에 가족회의에 참석하지 못한 게 답답했다. 다른 사람들에게서는 도움을 기대할 수 없었다.

"그래. 보조 웨이터나 급사로 말이지. 그러면 넌 무슨 일이 생기면 가장 먼저 해고당해. 루카, 그건 장래가 없는 일이야."

엄마가 말했다.

이모부와 이모는 학교 졸업장이 없거나 제대로 된 직업 교육을 받지 못한 사람들이 얼마나 지저분한 일을 해야 하는지 오랜 세월 동안 직접 경험해서 알고 있었다.

"물론 너도 나처럼 몇 년씩이나 낮에는 돌덩이를 화물차에 실어 온몸의 뼈마디가 쑤시는 일을 하고, 저녁에는 직업교육을 받을 수도 있겠지. 그렇게 20년쯤 화물차에 돌덩이를 싣고 나면, 그 화물차를 직접 운전하게도 될 테고. 바로 지금 나처럼 말이다. 하지만 넌 더 편하게 일을 할 수도 있어."

이모부가 말을 이어갔다.

"넌 아직 어리니 배울 수 있어. 그리고 넌 우리가 있지 않니? 네 엄마와 이모, 페르난도와 나는 우리 아이들과 네가 더 나은 생활을 누릴 수 있도록 일하는 거란다. 우리 세대는 그럴 가능성이 없었어!"

이모와 엄마가 고개를 끄덕였다.

"파트리시아도 해냈어. 우리가 처음 여기에 왔을 때, 네 누나는 영어를 거의 하지 못했다. 하지만 이제 고등학교 졸업반이고, 어쩌면 대학 장학금도 받을 수 있을 것 같다."

엄마가 이모부의 말을 보증이라도 하듯이 이렇게 덧붙였다.

루카는 학교생활이 즐거운 적이 없었다. 책이 재미없었다. 멕시코에서 삼촌을 도와 고깃배의 모터를 고쳤는데, 그런 일은 정말 잘 했다. 루카의 손을 거치면 무슨 기계든지 다시 작동했다.

"저는 공부를 잘하는 학생이 아니에요. 그냥 기계로 하는 일을 하면 안 돼요?"

이모부가 생각에 잠긴 얼굴로 루카를 바라보았다.

"고등학교에서 직업교육도 받을 수 있어. 오전에는 수업을 받고 오후에는 기업체에 가서 실습을 하면 나중에 졸업장도 받고 취직도 할 수 있다."

루카가 한숨을 쉬었다. 학교를 피해 가기는 어려울 것

같았다.

"어떻게 학교에 다닐 수 있어요? 제 영어 실력으로는 수업을 알아들을 수 없어요."

"네가 생각하는 것보다 훨씬 빨리 배울 수 있어. 파트리시아와 카를로스가 널 도와줄 거다."

이모부가 이렇게 말하고 학교 문제에 대한 이야기를 끝냈다.

엄마와 누나는 이튿날 벌써 루카를 학교에 입학시키려고 했다.

"학교에서 날 어떻게 받아 줘요? 난 지금 불법 체류자예요!"

루카가 가족을 돌아보며 의기양양하게 말했다.

"그건 문제없다. 파트리시아도 입학했으니까."

이모부가 대답했다.

"교장은 학생이 생길 때마다 좋아해. 학생 한 명당 얼마씩 교육청에서 지원을 받아. 학생이 합법 체류자인지 불법 체류자인지 관청에 보고할 필요는 없으니까 학교는 그런 데전혀 신경 쓰지 않는다. 오히려 반대지! 넌 학교에 더 많은 돈을 벌게 해 주는 거야."

루카가 다음 날 입학한 고등학교는 영어 실력이 부족한 아이들을 위한 계발 프로그램으로 유명했다. 파트리시아도 그 프로그램 덕분에 1년 만에 영어를 배워서 수업을 따라가는 데 지장이 없었을 뿐 아니라, 졸업반인 지금은 학년에서 아주 성적이 뛰어난 학생 가운데 한 명이었다.

루카는 자기가 누나처럼 되기를 엄마가 기대하지 않기 바랐지만, 엄마는 바로 그것을 원했다. 정작 엄마는 꼭 필요한 영어밖에 할 줄 몰랐고 보아하니 더 배울 생각도 없어 보였는데, 루카에게는 기대를 걸었다.

"나는 네 경우와는 달라."

엄마가 말했다.

"청소하는 데 영어가 필요하지는 않아. 그리고 난 여기서 더 성공할 수도 없고. 나랑 동료들은 모두 에스파냐어만 써. 청소 감독도 마찬가지야."

시장을 보러 가거나 의사에게 갈 때도 영어를 할 필요가 없었다. 로스앤젤레스는 멕시코 국내를 빼고 세계에서 가장 큰 멕시코 도시라고 할 수 있다. 전체 인구의 거의 50퍼센트가 라티노(라틴아메리카 사람)였으므로 에스파냐어가 영어와 똑같은 비율로 쓰였다.

"하지만 난 네가 게을러서 언젠가 엄마가 일하는 청소용역 회사에 들어오게 되는 건 싫다. 넌 아직 어려. 내가 일을 하는 동안은 넌 공부를 할 수 있어! 그러니 이 기회를 이용해라! 내가 너한테서 원하는 건 그게 다야!"

학교에 가기 전날, 루카는 이모와 엄마에게 새로운 생활을 해나가기 위한 가장 중요한 교육을 받았다. 두 사람이 루카를 창문으로 손짓해 불렀다.
"저기 길 건너 하얀 집 앞에 서 있는 자동차 보이지? 그리고 차 안에 있는 두 남자도?"
루카는 주차되어 있는 많은 차들 가운데 엄마와 이모가 가리키는 차를 찾으려고 한참 애를 썼다.
"그게 뭐 어때서요? 자동차에 앉아 있는 두 남자라! 그런 거야 이미 자주 봤어요."
"저 남자들은 겉모습처럼 그렇게 평범한 사람들이 아니란다. 이민국 경찰들이지. 불법 체류자를 찾고 있어."
이모가 말했다.
"그러면 저 사람들이 갈 때까지 기다리면 되잖아요."
엄마가 웃음을 터뜨렸다.
"아무리 기다려 봐라! 저 사람들이 아주 가는 일은 절대 없어! 늘 어디선가 불쑥 나타나지. 바깥에서는 저 사람들이 사냥꾼이고 우리가 먹잇감이야. 우리를 잡기 위해 고용된 사람들이니까."
"잡히면 강제 출국 당해. 두 번째로 잡히면 감옥에 가고."
이모가 엄마의 말을 보충 설명했다.
루카는 고개를 끄덕였다. 그것은 이미 알고 있었다. 루카도 한 번 잡힌 적이 있으니까.
"그러니까 학교에 가지 않을래요."
"학교만 문제가 되는 게 아니야. 이민국이 무서워서 남은 일생 동안 집에만 있을 수는 없어. 우리 모두 불안하지만, 그런 상황 속에서도 살아가는 방법을 배웠어."

이모가 말을 이었다.

"2주일 전에 내 동료 한 사람이 잡혀서 바로 멕시코 국경 너머로 강제 출국 당했지. 그 사람 아내는 지금 자기 남편이 어디에 있는지, 다시 돌아올지, 돌아온다면 언제 올지 전혀 몰라. 아이들하고만 지내고 있어."

"그러니 그런 일이 벌어지지 않도록 너랑 이제부터 훈련을 조금 할 거야. 마르타 이모가 경찰이고, 널 불러 세워서 불법 체류자가 아닌지 알아보기 위해 몇 가지 질문을 할 거야. 영어로 대답해야 돼. 묻는 말 이외에 다른 말은 절대 하지 말고! 마르타, 시작해!"

이모가 헛기침을 한 번 하고는 크고 굵직한 목소리로 질문을 했다.

"이름이 뭐지?"

"루카 로드리게스."

친근한 이모의 얼굴은 국경경찰과 조금도 닮지 않았기 때문에, 루카는 히죽 웃으며 대답했다.

"어디서 태어났지?"

"소노라의 산 에스테반."

"아주 잘했다!"

엄마가 말했다.

"이제 끝났어. 넌 국경으로 가는 거다! 루카, 이게 장난인 줄 알아? 너와 우리의 장래가 달린 문제야! 그 사람들이 널 잡으면 틀림없이 이곳에도 나타나. 너 우리가 모두 강제 출국 당하길 원하니?"

"로 시엔토(죄송해요)!"

멕시코 사람들이 멕시코 국경일 축제를 고국에서보다 더 크게 벌이는 이 도시에서, 강제 출국이나 국경경찰의 위협이라니, 그런 것들이 루카에게는 비현실적으로 느껴졌다.

"넌 여기 산타아나에서 태어났다고 해야 돼! 그게 외워야 할 사항 1번이야! 넌 멕시코를 텔레비전으로만 알 뿐이야. 알았지? 마르타, 계속해!"

"어느 학교에 다니지?"

"로스앤젤레스 고등학교."

"학교 이야기 좀 해 봐라. 너희 학교 스포츠 팀 이름이 뭐지? 교장선생님 이름은? 그리고 그 전에는 어느 중학교에 다녔어?"

"노 로 세(몰라요)!"

엄마와 이모가 서로 얼굴을 쳐다보고는 한숨을 내쉬었다.

"훈련을 한참 해야겠구나!"

이모가 말했다.

"왜 그 사람들이 바로 내 여권을 보자고 하지 않아요?"

"그건 금지되어 있어. 넌 아무 범죄도 저지르지 않았으니까. 나도 이 나라 제도를 완전히 알고 있는 건 아니야."

엄마가 말했다.

"제도는 중요하지 않아."

이모가 엄마의 말을 받았다.

"중요한 건 그 사람들이 널 잡으려고 그런 질문을 한다는 사실이야. 그러니 넌 대답을 미리 알고 있어야 하고, 말을 더듬지 말고 쉽게 대답할 수 있어야 해. 안 그랬다가는 집 바깥으로 나간 첫날이 마지막 날이 될 테니까."

세 사람은 두 시간 동안 연습을 했다. 루카는 이제 자면서도 대답할 수 있을 정도가 되었다.

"토마토 농장에서도 이렇게 힘들지는 않았어요."

영어 발음이 만족스러울 때까지 엄마와 이모가 계속 반복해서 연습을 시키자, 루카가 불평을 늘어놓았다.

"그때는 그 사람들에게 네가 필요했으니까. 최저임금이나 거기에도 미치지 못하는 돈을 받으며 수확을 돕는 불법 체류 노동자들이 없다면, 그링고들은 샐러드에 토마토를 넣어 먹지 못할 거다. 3개에 20달러씩 하는데도 미국인 일꾼들이 손수 수확한 거라고 기꺼이 사 먹으려나?"

이모는 굉장히 흥분해서 말했다.

"이 사람들에게는 법이 중요한 게 아니야. 오로지 우리가 필요한지 필요하지 않은지의 문제일 뿐이지. 일할 사람이 없어 과일이 나무에 매달린 채 썩어 간다면 농부는 네가 필요해. 그래서 네가 어디서 왔는지, 체류 허가를 받았는지, 이런 건 중요하지 않아. 자기 일꾼들이 합법적인 노동자들이라는 걸 이민국에 증명하기 위해 서류를 위조하기도 한다고. 그러다가도 우리 아이들이 자기 아이들과 함께 학교를 다니게 되면, 세금을 제대로 내서 학교 재정을 돕는 불법 체류 노동자들은 적다는 말을 갑자기 끄집어내는 거야. 그러면 우리는 순식간에 기생충 취급을 받고 추방을 당해야 해."

루카는 머리가 지끈거렸다.

엄마가 이모의 팔에 손을 얹었다.

"마르타, 흥분하지 마. 지금 그런 말을 하면 루카의 머리만 복잡해질 뿐이야. 서서히 익숙해지도록 해야지. 지금 중요한 것은 무엇보다도 그 사람들이 물을 경우에 대비해 루카가 할 대답을 제대로 준비하는 거야."

긴 연습이 끝나고 드디어 침대에 누웠지만, 루카는 한동안 잠을 이룰 수 없었다. 사막에서 국경을 막 넘었을 때 고함을 지르며 기뻐하는 사람들을 향해 고개를 흔들던 페드로가 생각났다. 그가 옳았다. 루카가 생각하는 낙원은 이런 모습이 아니었다. 달라도 아주 많이 달랐다. 그곳에는 이민국도 없었고, 집을 나서는 순간 언제 체포될지도 모른다는 불안감이 따라다니지도 않았다.

9

 다음 몇 주 동안 루카에게 마르타 이모와 디에고 이모부의 집은 마치 섬과 같은 안식처가 되어 주었다. 학교가 끝난 뒤에 돌아갈 수 있는 섬, 루카가 잘 알고 있는 섬, 낯선 언어로 그에게 말을 걸고 질문하는 사람이 없는 섬이었다.
 학교는 멕시코에서 마지막으로 다녔던 마을의 학교보다 열 배는 더 컸고, 학생 수는 천 명에 가까웠다. 루카는 수없이 많은 복도에서 길을 잃지 않으려고 애썼다.
 그러나 진짜 골칫거리는 반을 찾아 들어간 다음부터 시작되었다. 루카는 처음 며칠 동안 수업을 거의 알아듣지 못했다. 수학 시간에도 선생님이 자기에게 뭐라고 하는지 통 알 수가 없었다.
 파트리시아가 시간표 짜는 일을 도와주었다. 수학과 물

리 외에 컴퓨터 수업도 들을 수 있도록 시간표를 짰다.

"하지만 뭔가 스포츠를 하나 하는 게 가장 중요해."

파트리시아가 말했다.

"스포츠 종목 하나에서 뛰어난 기량을 보이면 시험 성적이 어떤지는 별로 중요하지 않거든."

"축구!"

루카가 총알처럼 재빨리 대답했다. 축구는 루카가 해 본 유일한 스포츠였고, 재미있었다.

"축구는 안 돼. 학교에 팀이 하나도 없어. 농구나 육상은…."

루카는 결국 육상을 택했다. 학교의 육상 팀들은 크로스컨트리 러닝으로 유명했다. 이 종목에서는 지구력이 중요했다. 파트리시아는 '육체적으로나 정신적으로' 지구력이 강해야 한다고 표현했다. 루카는 지난 몇 달 동안 지구력 훈련은 충분히 했다고 생각했다. 두 달 동안의 예비 훈련이 끝난 뒤에 루카는 바로 정규 선수가 되었고, 다음 번 선수권 대회에 참가하기로 했다.

전체적으로 볼 때 학교생활은 루카가 걱정했던 것만큼 어렵지는 않았다. 하지만 루카는 늘 조심했고, 묻는 말에 대답하기 전에는 그 대답이 혹시 자신의 불법 체류를 조금이라도 드러내지 않는지 확인하기 위해 언제나 마음속에서 여과기를 한 번 작동시켰다. 하지만 대부분의 경우에는 다른 사람들이 설사 에스파냐어로 이야기를 나누더라도 그들이 하는 말에 끼어들지 않고 듣고만 있었다. 자기가 할 일을 '듣기'로 제한한 것이다.

거의 모든 과목에서 학생들의 반 정도는 라틴아메리카의 후예들이었다. 라틴아메리카 출신 선생님도 많았고, 교장 선생님의 조상도 멕시코에서 왔다고 했다. 루카가 수업 시간에 뭔가 알아듣지 못하면 친구들이 사방에서 에스파냐어로 설명해 주었다.

점차 시간이 지나면서 루카는 이 학교에 불법 체류자가 자신만이 아니라는 사실을 알게 되었다. 아무도 솔직하게 이야기하지는 않았지만, 아이들의 눈빛이나 행동에서 알 수 있었다.

루카는 베로니카와 파블로에게만 자신이 처한 상황을 솔직하게 말했다. 둘과는 몇 주 동안 학교생활을 함께 하면서 아주 친해졌다.

파블로네 집안은 벌써 200년도 넘는 옛날부터 로스앤젤레스에서 산다고 했다. 자기 조상이 1781년에 이곳에 정착한 최초의 에스파냐 주민 가운데 하나였다는 사실을 아주 자랑스러워했다.

"네가 여기에 있는 게 불법이라고 누가 그래?"

파블로가 루카에게 물었다.

"여기는 처음엔 에스파냐 영토였고, 그 뒤에는 멕시코

소유였어. 로스앤젤레스나 샌프란시스코나 산타아나와 같은 에스파냐식 이름을 누가 붙였을 것 같아? 미국 사람들은 여기서 금이 난다는 사실을 알고 1846년에 이 땅을 빼앗았어. 오로지 탐욕 때문에! 우리 조상들은 재산을 몰수당했어. 멕시코로 돌아가고 싶으면 돌아가라고 했대. 여기가 고향인데도 말이야. 그링고들이 더 강하다는 게 이유의 전부였어. 우리가 미국 국경을 넘은 게 아니라, 미국이 우리의 국경을 무시한 거야. 내 생각에 이곳은 도덕적으로 멕시코 땅이야. 그러니까 네가 아니라 그링고들이 여기서 불법 체류 하는 거라고."

루카는 그런 측면에서는 한 번도 생각해 본 적이 없었다. 그러나 파블로의 주장이 마음에 들었다. 또 미국 사람들 대부분이 아마 파블로의 생각에 동의하지 않으리라는 것도 알고 있었지만, 약간 안심이 되기도 했다.

가난한 멕시코 농부였던 베로니카의 아빠 쪽 조상도 이미 19세기 초에 여기로 왔다고 했다. 당시 이곳은 에스파냐 제국이었다. 하지만 베로니카의 엄마는 1년 전에야 미국 시민권을 얻었다.

파블로와 베로니카는 루카의 숙제도 거들어 주었고, 루카가 부족한 영어 실력으로 수업을 어느 정도 따라갈 수 있도록 도와주었다.

저녁과 주말에는 파트리시아와 카를로스가 번갈아가며

루카를 가르쳤다. 파트리시아가 인내심을 가지고 자신도 얼마 전에야 겨우 배운 것들을 루카에게 애를 쓰며 설명하는 반면, 카를로스는 부모님의 강요에 못 이겨 어쩔 수 없이 루카와 책상 앞에 앉아 있는 티를 많이 냈다.

"이런 실력으로는 대학에 못 간다! 도대체 멕시코 학교에서는 뭘 배웠지?"

루카가 실수를 할 때마다 카를로스는 욕을 퍼부었다.

"난 대학에 갈 생각 없어. 고등학교 졸업장만 받으면 돈을 벌 거야."

카를로스는 얼굴에 노골적으로 경멸을 드러냈다.

"돈을 벌겠다고? 접시닦이나 뭐 그런 걸로 말이지? 너도 네 형처럼 평생 하류층으로 살고 싶어? 너나 네 형 같은 사람들 때문에 멕시코 사람들이 멍청이 취급을 받는 거야!"

카를로스가 처음 이런 식으로 말했을 때, 루카는 아주 심하게 마음의 상처를 입었다. 고국 사람들에 대해 어쩌면 저런 식으로 말할 수 있을까! 하지만 시간이 지나면서 루카는 사촌 형이 멕시코 조상들과 자기가 어느 정도 관계가 있다고는 생각하지만, 한 번도 가 본 적이 없는 멕시코를 고국으로 여기지는 않는다는 점을 이해하게 되었다.

산타아나에서 태어난 카를로스와 그의 동생들은 태어날 때부터 미국 시민권을 가지고 있었다. 강제 출국에 대한 두려움을 느껴 본 적도 없고, 루카처럼 출생지를 거짓으로 둘러댈 필요도 없었다. 디에고 이모부도 1986년의 사면을 통해서 미국 사람이 되었다.

카를로스의 여동생 네나는 자기가 멕시코 사람이라는 사실을 자랑스러워했고, 민족 축제에서 어린이 여왕으로 뽑히기도 했다. 그러나 카를로스는 축제 장소나 퍼레이드에 모습을 나타내지 않았다. "비바 메히코!"라고 외치는 소리를 창피하게 여겼다.

"멕시코가 그렇게 좋다면서 왜 모두 여기로 오는 거지?"
카를로스가 루카에게 물었다.
"응? 얼른 대답해 봐. 예를 들어 넌 왜 여기로 왔어?"
"우리 가족이 여기에서 살고 있으니까. 그새 잊었어?"
루카는 카를로스에게 처음으로 이렇게 뻣뻣하게 대답했다.
"그럼 그 이유가 아니라면 멕시코에 계속 있었을 거라고?"
루카는 생각할 것도 없이 고개를 끄덕였다.
"쳇, 그걸 누가 믿어? 설사 그렇다고 하더라도 그럼 넌 예외적인 경우야. 네가 말하는 그 대단한 멕시코는 자기 국민들을 부양하지도 못하잖아. 너희 정부는 소문대로 정말 그렇게 부패했어? 멕시코는 부유한 나라라며. 석유도 있고 천연가스도 있고 관광객도 아주 많잖아. 도대체 그 돈들은 다 어디로 간 거지?"

루카는 카를로스가 옳다는 것은 알고 있었지만, 하필이

면 멕시코 사람의 입에서 그런 말이 나온다는 사실이 마음 아팠다.

"왜 그런 말을 해? 형은 자기 조국이 자랑스럽지 않아?"

"물론 자랑스럽지. 하지만 내 조국은 여기지 멕시코가 아니야!"

루카는 될 수 있으면 카를로스와 부딪히지 않으려고 노력했다. 하지만 사촌 형이 자기를 개인적으로 싫어하는 게 아니라, 국경 너머로 보내 버리고 싶은 수많은 불법 체류 멕시코 사람 가운데 한 명으로서 싫어한다는 것을 알고 있었다.

어쨌든 카를로스의 말은 결과적으로 한 가지 효과는 있었다. 루카는 대학에 갈 마음은 여전히 들지 않았지만, 적어도 고등학교를 좋은 성적으로 졸업해야겠다고 결심했다. 멕시코 사람들은 멍청하다는 카를로스의 생각이 옳지 않다는 것을 증명하기 위해서라도.

10

반년이 지나자 루카는 새로운 생활에 완전히 적응했다. 멕시코의 고향 마을과 사막에서 겪은 일은 점점 더 멀어져 가는 추억이 되었다.

루카의 집은 이제 산타아나였고, 루카의 일상은 학교 공부와 스포츠 훈련, 친구들과 만나는 일로 가득 채워졌다. 마르타 이모와 디에고 이모부의 집은 이제 아주 익숙해져서 마치 평생 이곳에서 산 것 같은 느낌이 들 정도였다. 늘 찌푸리고 있는 카를로스의 얼굴과 그가 시비 거는 일에도 날이 갈수록 신경이 덜 쓰였다.

루카는 페르난도 아저씨 또한 새로운 자기 삶의 일부로 인정했다. 그러나 아직 엄마에게 사실을 이야기하고, 아빠의 죽음을 알리는 증거를 보여 줄 마음의 준비가 된 것은 아니었다.

칼라베라를 배낭에서 꺼내는 일도 점점 줄어들었다.

처음에는 자신과 가족이 불법 체류자이며, 붙잡혀서 강제 출국 당할 수도 있다는 것을 늘 염두에 두어야 한다고 생각했다. 하지만 새로운 생활에 안정을 찾고, 이곳에서 사는 게 당연하다고 느낄수록 그 사실도 점점 잊어버렸다.

베로니카는 자기 친구들과 함께 놀자고 가끔 루카를 불러냈다. 베로니카는 로스앤젤레스 레이커스의 열렬한 팬이었다. 로스엔젤레스시 팀인 레이커스는 미국프로농구협회(NBA) 소속 팀 가운데서도 아주 뛰어났다. 베로니카는 자기 아빠를 통해 입장권을 자주 얻어서, 루카도 몇 번 경기장에 데리고 갔다.

루카는 농구가 좋아서라기보다 엄마가 베로니카를 따라가라고 해서 경기장에 갔다. 멕시코에서는 축구를 했다. 여기서는 축구를 '사커'라고 불렀으며, 인기가 별로 없었다.

"얘, 세상에! 베로니카의 아빠가 누군지 아니?"

엄마가 베로니카와 몇 번 이야기를 나누더니 루카에게 말했다.

"에스파냐 텔레비전 방송 에이치 티브이(HTV)에서 사회자로 일해. 월요일 저녁 8시에 하는 정치 프로그램을 맡고 있지. 영향력이 큰 사람이야. 이런 인맥이 언젠가 도움이 될지도 모르잖니? 그러니 베로니카랑 같이 가서 어울리며 친하게 지내라."

루카는 경기장의 분위기가 무척 마음에 들었다. 고향의 축구장이 생각났다. 물론 이곳 경기장이 몇 배나 크고, 공도 골문이 아니라 바구니 속으로 날아가긴 했지만.

루카와 아이들은 레이커스가 원정 경기를 가서 없을 때면 극장으로 향했다. 엄마는 루카가 입장권뿐 아니라 콜라와 팝콘도 살 수 있을 만큼 넉넉하게 용돈을 주었다.

가끔 텔레비전에서 국경의 새로운 상황을 알리는 뉴스를 하거나, 아는 사람들이 국경을 넘는 데 성공하거나 실패한 친척들 이야기를 꺼낼 때만 루카는 그때 기억을 떠올렸다.

그러면 보통은 훈련을 해야 한다는 이유로 자리에서 일어나, 방문객이 집을 떠날 때까지 시립 공원의 호수 주변을 뛰었다. 루카는 더 이상 국경에 대해 듣고 싶지 않았고, 가시철조망과 사막도 생각하고 싶지 않았다. 그런 일들은 자기 인생에서 잊고 싶은 부분이었다. 기억이 하나씩 날 때마다 묻는 듯한, 부탁하는 듯한, 애걸하는 듯한 에밀리오 형의 얼굴이 함께 떠올랐기 때문이다. 형의 얼굴을 머릿속에서 금방 몰아낼 수는 있었지만, 언제나 씁쓸한 뒷맛이 남았다.

워싱턴에서는 정치인들이 새로운 이민법을 논의했고, 그 법안 가운데는 멕시코 쪽 국경의 담장을 확장한다는 계획도 있었다. 그때도 루카는 한동안 이 주제에 신경을 쓰지 않았다. 텔레비전에서는 스포츠 뉴스만 보았고, 뉴스 앵커가 말을 시작하면 텔레비전을 꺼 버렸다.

그래서 처음에는 멀리 있는 워싱턴에서 무슨 법안을 논의하는지 몰랐을 뿐 아니라, 자기 주변에 있는 사람들이 점점 더 자주, 그리고 점점 더 거세게 국경과 불법 이민자들에 대한 논쟁을 벌였음에도 그 내용을 잘 알지 못했다.

루카의 가족도 모이기만 하면 다른 이야기는 거의 하지 않을 정도였다. 가족은 루카가 그런 이야기를 듣기 싫어한다는 것도 이해했다.

"루카에게는 시간이 필요해. 그 애가 겨우 여섯 달 전에 국경을 넘어왔다는 걸 잊어서는 안 돼!"

시립 공원에서 달리기를 하겠다며 도망치듯 일어선 루카의 등 뒤로 엄마의 목소리가 들려왔다.

하지만 학교에서는 배려해 주지 않았다. 오히려 그 반대였다. 루카는 학교에서 처음 이 논쟁이 벌어졌을 때는 그 자리를 피할 수 있었다. 크로스컨트리 러닝팀에는 루카처럼 오로지 기록을 올리는 데만 관심이 있는 친구들로 넘쳤기 때문이다.

그러던 어느 날 아침, 조지의 목소리가 반 전체를 시끄럽게 울렸다.

"열여덟 살에서 스물네 살까지의 미국 사람들 가운데, 세계 지도에서 미국의 위치를 제대로 가리킨 사람이 11퍼센트밖에 안 된대!"

조지가 말을 멈추었다. 몇몇 반 아이들이 웃기 시작했다. 조지가 무슨 말을 하려는지 이미 알고 있는 눈치였다.

"질문을 받은 사람들 100퍼센트가 미국이 어디 있는지 제대로 알고 있는 유일한 나라는…, 알아맞혀 봐. 세 번의 기회를 주지!"

"멕-시-코!"

학급 아이들의 절반 정도가 소리를 지르며 신이 나서 깔깔거렸다. 나머지 반은 정도의 차이는 있었지만 어쨌든 당사자들이었으므로, 그저 가만히 앉아 있었다.

루카는 얼굴이 새빨개져서 바닥만 노려보았다.

할아버지와 할머니가 국경 바로 옆에서 목장을 경영하는 조지는 멕시코 사람들을 모두 나쁘게 이야기하는 것으로 이미 유명했다. 조지는 벌써 몇 번이나 함정을 파 놓은 질문을 해서 루카가 불법 체류자인지 아닌지 알아내려고 했다.

루카는 자기가 멋지게 대답했다고 생각했지만, 조지의 의심이 완전히 사라진 건 아니었다. 조지는 여전히 반 아이들 앞에서 루카에게 창피를 주고 놀리려고 했다.

학생들 대부분은 보통 아무 말도 없이 앉아 있었다. 아이들은 조지를 무서워했고, 말로 하는 그의 공격도 두려워했다. 겁을 내지 않는 사람은 베로니카뿐이었다.

"왜 그런지 알아?"

아이들의 웃음소리가 가라앉자 베로니카는 이번에도

조지에게 질문을 던졌다.

"당연하지. 멕시코 사람들의 꿈은 오직 하나니까. 모두 여기로 오고 싶어 하잖아."

"틀렸어! 멕시코 사람들이 미국을 똑바로 가리킬 수 있는 이유는 여기가 그 사람들 땅이기 때문이야! 이 나라에 맨 처음 살았던 주민들은 에스파냐와 멕시코 사람들 그리고 인디언들이었어. 영어를 하는 백인들은 전혀 없었다고!"

"우리가 1846년의 전쟁에서 승리했다는 걸 너희는 도대체 언제 인정할래?"

조지가 고함을 질렀다.

"우린 너희를 이겼어! 그게 그렇게도 알아듣기 힘들어? 국경은 전쟁을 통해 달라지는 거야. 100년이 지난 뒤에도 여전히 불평을 하면 안 돼!"

"그건 전쟁이 아니었어. 잔인한 습격이었지."

조지는 깜짝 놀라 반대 의견이 날아온 쪽을 바라보았다. 그 말을 한 사람이 덩컨이라는 사실에 더욱 놀랐다. 덩컨은 학교에서 인기가 아주 많은 학생이었다.

"너 언제부터 외계인 편이야?"

"외계인 편이라서가 아니야. 난 그저 역사를 너보다 잘 알고 있을 뿐이야. 우린 전쟁을 여러 번 했고, 영토를 확장하려는 욕심 없이 세상의 자유와 정의를 지킨 데 자긍심을 느끼지. 하지만 멕시코를 상대로 한 전쟁은 그런 게 아니었어."

조지는 어깨를 으쓱하며 자기 자리로 돌아갔다. 그는 누군가 자기에게 반대 의견을 말하는 데 익숙하지 않았다.

"어쩌면 그랬을지도 모르지."

조지가 혼잣말로 중얼거렸다.

"모든 전쟁은 습격이니까. 멕시코 사람들은 아주 형편없는 패배자라고."

아이들 사이에 둘로 나뉘어 벌어진 논쟁은 정치 과목 알바레츠 선생님이 교실에 들어오자 일단 잠잠해졌다. 하지만 오늘의 주제는 '급박한 정치적 문제'였다. 지금 워싱턴에서 논의 중인 새 이민법보다 더 중요한 정치적 문제가 또 어디 있을까?

"우리나라에서 우리와 함께 살고 있는 불법 체류자는 1,100만 명이다."

선생님이 말문을 열었다.

루카는 숨이 멎는 것 같았다.

1,100만 명!

"대부분 남쪽의 멕시코 국경을 넘어온 사람들로, 여기에서 일자리를 찾으려고 하지. 하지만 그 중에 혹시 테러리스트는 없는지, 그것은 아무도 모른다. 2001년 9월 11일 세계무역센터가 공격을 당한 이후, 국경의 안전은 아주 중요한 주제가 됐다. 새로운 법안이 어떤 내용인지 아는 사람?"

루카는 선생님이 지금 무슨 말을 하는지 전혀 알 수 없었다. 법안의 내용을 들은 루카는 아주 큰 충격을 받았다.

"새 법안은 모든 불법 체류자들이 이제부터 범죄자라는 내용이지요!"

마이크가 이렇게 대답하고는 친구인 조지를 향해 의기양양하게 둘째와 셋째 손가락을 브이 자로 펴 보였다.

"또 국경에 1,100킬로미터가 넘는 담장을 설치한다고 해요! 투손 남쪽으로요!"

베티가 소리쳤다.

"국경경찰이나 헬리콥터 말고도 비디오카메라와 적외선 탐지기, 수동식 적외선 감지기도 설치된대요. 첨단 과학이죠! 밀입국자들에게는 이제 기회가 없어요!"

루카는 소스라치게 놀랐다. 투손 남쪽에는 아구아 프리에타가 있었다. 루카가 밀수업자들과 함께 두 번째로 국경을 넘을 때 사용했던 통로이다.

"어쩌면 불법 체류자를 도와주거나 숨겨 주는 사람도 범죄 행위를 하는 거라는 법안도 통과될 거래요."

"말도 안 돼!"

베로니카가 화가 나서 소리쳤다.

"수백만 명을 범죄자로 만들 수는 없어!"

"글쎄다."

선생님이 말했다.

"어쨌든 대체로 너희가 말한 내용이 맞다. 지금까지 불법 체류자는 범죄자가 아니었어. 도둑질 등 범죄 행위를 하다가 들켰을 때, 그 사람이 불법 체류자라는 게 밝혀지면 바로 강제 출국을 당했지. 앞으로는 불법 체류만으로도 범죄가 성립될 모양이다!"

"아직 모든 심급(하나의 소송 사건을 서로 다른 종류의 법원에서 반복적으로 심판하는 경우, 그 법원들 사이의 심판 순서) 절차가 끝난 건 아니에요!"

덩컨이 말했다. 이 주제에 대해 아주 자세히 알고 있는 모양이었다.

"테드 케네디 상원 의원이 외국인 노동자 프로그램을 통해 불법 체류자들이 영주권을 얻을 수 있는 기회를 주자고 제안했어요."

"꿈 깨시지!"

조지가 소리쳤다.

"그 제안이 통과될 리 없잖아! 영주권을 얻지 못할 경우, 체류 기간이 끝났다고 자발적으로 자기 나라로 돌아갈 멕시코 노동자가 어디 있어?"

"그렇다고 담장이 문제를 해결할 수 있는 건 아니지!"

또 저 놈의 덩컨이네! 조지는 덩컨에게 발언 금지 명령을 내리고 싶었다.

"생활수준 격차가 이렇게 심한 두 나라가 국경을 마주하고 있는 곳은 여기 말고는 이 세상 어디에도 없어."

덩컨은 조지가 노려보는 것도 아랑곳없이 자기가 할 말을 이어갔다.

"너 사전을 통째로 외웠냐?"

조지가 물었다.

"우리가 더 잘 산다는 이유로 다른 나라 사람들이 모두 우리한테 달려들어야 하겠어?"

"이 세상 어느 나라든 누구를 입국시키고 누구를 입국 금지시킬지 결정할 권리가 있어요."

지금까지 아무 말도 없이 논쟁을 듣기만 하던 로니가 끼어들었다.

"예를 들어 베트남에 가려면 비자를 신청해야 하고 돈도 내야 해요. 베트남에서 뭘 하려는지, 그리고 어디서 머물 건지도 자세히 적어야 하고요. 다른 나라도 마찬가지예요."

"로니 말이 맞다!"

알바레츠 선생님이 말했다.

"지금 유럽도 우리와 비슷한 문제에 직면해 있어. 아프리카 사람들이 에스파냐와 이탈리아에 살면서 일을 하려고, 작은 배를 타고 바다를 항해해서 매일 유럽으로 오기 때문이지. 이런 사람들이 발견되면 즉시 돌려보내. 이건 전 세계적인 문제인데, 나라들 사이의 빈부 격차가 지금처럼 큰 상황에서는 쉽게 해결되지 않을 거야."

선생님이 학생들 사이를 다니며 설문지를 나누어 주었다.

"너희들이 객관적으로 토론하기 바란다. 주먹다짐은 바깥에 나가서 하도록! 내 수업 시간에는 안 돼! 설문 내용을 보고, 너희 생각을 글로 써라."

루카는 나머지 시간 내내 마비된 듯이 앉아서 눈앞의 숫자만 노려보았다. 설문지에 따르면, 질문을 받은 미국인들 가운데 53퍼센트가 불법 체류자들을 그들의 고국으로 쫓아내야 한다고 했다.

루카 옆에 앉은 베로니카는 당황하는 루카를 보고 낮은 목소리로 속삭였다.

"47퍼센트는 그렇게 생각하지 않는다는 거야! 불법 체류자들이 세금을 내지 않는다고 그 자녀들이 학교에 다니는 걸 반대하는 사람이 51퍼센트라면, 49퍼센트는 반대하지 않는다는 뜻이야! 숫자는 그렇게 거꾸로 읽어야 해!"

하지만 루카의 충격은 가라앉지 않았다.

루카는 이 나라에 살고 있는 사람들의 다수가 자기나 자기 가족에 대해 무슨 생각을 하는지 지금까지 전혀 신경 쓰지 않았다. 일자리를 찾아 국경을 넘어 미국으로 오는 것은 루카에게는 지극히 정상적인 일이었다.

물론 죽는 사람도 있었지만, 국경 넘기는 루카에게 국경을 넘는 사람과 국경경찰 사이에 벌어지는 일종의 사냥 놀이였다. 양쪽 다 이기기를 바라는 사냥이었다.

미국 사람들의 75퍼센트는 불법 체류자들이 세금을 내

지 않으므로, 무료로 병원 치료를 받거나 생필품 지원을 받을 권리가 없다고 대답했다.

　루카는 파트리시아 누나가 수술을 받았을 때, 엄마가 돈을 한 푼도 내지 않았던 일을 떠올렸다.

　"내 이럴 줄 알았어! 미국 사람들 대다수가 이 기생충들에게 반대한다고!"

　조지는 교실의 학생들이 모두 들을 수 있을 만큼 큰소리로 말했다.

　"이것들이 잘 살도록 하기 위해 우리 부모님들이 세금을 낸단 말이야!"

　"세금을 내는 불법 체류자들도 많아."

　베로니카가 말했다.

　"그렇겠지. 사회보험증을 위조해서 사용하니까. 달러만 있으면 뭐든지 살 수 있다는 거 알아? 출생증명서도 위조할 수 있어. 우리 교실을 살펴봐. 불법 체류자가 몇 명이나 되는지 정말 알고 싶군!"

　조지는 급우들을 찬찬히 뜯어보았다. 그러더니 천천히 일어나서 루카 앞에 떡 버티고 서서 말했다.

　"이것 봐, 너 왜 갑자기 얼굴이 그렇게 빨개지지? 내가 보건대, 넌 분명히 불법 체류자야. 너… 반년 전에는 어디에 있었지? 멕시코의 어느 오두막? 아니면 이미 사막을 건너 국경 담장 바로 앞까지 왔어? 넌 올바른 영어 문장 하나 제대로 말할 줄 모르잖아.”

루카는 놀라서 얼굴이 창백해졌다.

"네 영어 문장은 어떻고? 영어 시험에서 겨우 '미'나 받는 주제에!"

베로니카가 화가 나서 고함을 질렀다.

알바레즈 선생님이 손가락으로 교탁을 두드렸다.

"얘들아, 글로 쓰라고 했잖아. 토론은 나중에 하자!"

조지가 선생님에게 몸을 돌리더니 욕설을 퍼부었다.

"선생님이야 당연히 토론을 싫어하겠죠! 알바레츠라는 이름도 영어로 들리지는 않는군요! 선생님은 여기 합법적으로 체류하시는지?"

선생님은 조지를 교장실로 보냈다. 조지는 교실을 나가기 전에 자기 친구들에게 손가락으로 브이 자를 만들어 보였다.

루카는 수업이 끝나자 마음이 놓였다. 종이는 그냥 빈 채로 냈다.

11

 집에 돌아온 루카는 처음으로 뉴스를 듣기 위해 텔레비전을 켰다. 모든 채널에서 오로지 단 하나의 주제, 새 법안과 그 장단점에 대해서만 이야기하고 있었다. 법안이 효력을 발휘하려면 상원과 하원을 어떻게 통과해야 하는지, 그 온갖 배경과 과정에 대한 이야기들은 루카의 머리를 혼란스럽게 했다.
 하지만 한 가지는 확실했다. 멕시코와 관련된 것이라면 무조건 싫어하는 조지뿐 아니라, 많은 미국 사람들이 멕시코와 접해 있는 국경을 더 튼튼히 하여 이를 넘으려는 시도를 불가능하게 하기로 마음먹었다는 사실이다.
 그러니 이제 루카와 루카의 가족처럼 이미 미국에 와 있는 수백만 명의 불법 체류자들을 어떻게 해야 할지가 해결 과제였다. 여기에 대해서는 다양한 계획들이 있었지만, 루카의 불안을 덜어 줄 진짜 대답은 하나도 없었다.

루카는 더 이상 혼자 텔레비전 앞에 앉아 있을 수가 없었다. 집안을 이리저리 돌아다녀 보았지만 가족들이 아직 돌아오지 않은 집은 텅 비어 보였고, 그래서 루카를 힘들게 했다. 다른 식구들이 돌아오려면 아직 몇 시간 더 있어야 했다.

루카는 버스를 타고, 도시 변두리에 살고 있는 미겔 형 집으로 갔다. 안에서 문을 열어 주지 않아 오래 기다렸다.

형수인 아드리아나가 조심스럽게 얼굴을 내밀었다. 바깥에 있는 사람이 루카임을 확인한 형수의 얼굴에 안심한 듯한 미소가 떠올랐다.

"도련님이군요! 난 이민국 직원인 줄 알았어요!"

조카들은 루카를 보자 무척 반가워했다.

"루카 삼촌, 우리랑 축구할래? 엄마가 우리더러 바깥에 나가지 말래!"

베니토가 아이들 방에서 축구공을 꺼내오는 동안, 네 살 짜리 후안은 벌써 루카의 손을 잡아끌었다.

아드리아나가 루카에게 방금 구운 케이크와 오렌지 주스를 내놓았다.

"집에 생크림이 떨어졌어요. 저녁에 올 때 사오라고 형에게 전화했어요."

루카는 어리둥절했다. 슈퍼마켓이 바로 건너편에 있지

않은가.

"난 이제 바깥에 나가지 않아요. 무서워요!"

아드리아나가 조금 어색하게 말하더니, 리모컨으로 채널을 이리저리 돌렸다.

"여기, 여기…, 그리고 여기…, 여기도…. 오로지 한 가지 이야기만 해요. 내가 잡혀서 멕시코로 추방되면 어쩌지요? 우리 아이들은? 내가 멕시코로 데리고 가면 아이들이 미국 시민권을 잃을 거고, 여기 두면 누가 이 아이들을 돌보나요?"

"형은 뭐라고 그래요?"

"달리 무슨 말을 할 수 있겠어요? 늘 똑같은 소리지요. 이렇게 살든지 멕시코로 돌아가든지 해야 한다고요. 하지만 돌아가면 뭘 먹고 살아요?"

"삼촌, 빨리 와!"

아드리아나는 아이들이 루카와 바깥에 나가는 것을 꺼렸지만, 루카는 아이들을 집에만 계속 가두어 둘 수는 없는 노릇이라고 형수를 설득했다.

"더구나 아이들은 미국 시민권자들이잖아요. 그러니 무슨 일이 일어날 리 없어요."

"부모를 체포해서 추방하는 걸 빼면 말이죠!"

아드리아나가 대답했다.

집에 돌아온 미겔은 아이들이 바깥 공기를 실컷 쏘이며 마음껏 뛰어논 게 루카 덕분이라며 고마워했다.

"형은 걱정 안 돼?"

루카가 물었다.

미겔이 미소를 지으며 대답했다.

"내가 배운 게 한 가지 있어. 여긴 달러의 천국이라는 사실이지. 여기선 돈을 주면 뭐든지 살 수 있어. 없는 문서도 말이야."

"그 말은… 서류를 위조했다는 뜻이야? 하지만 그건 정말 범죄 행위야!"

미겔이 껄껄 웃었다.

"그게 무슨 상관이지? 법은 바보들이나 지키는 거야. 돈이 있으면 법은 짓밟아도 돼! 멕시코에서도 그랬고, 여기서도 다르지 않아. 물론 여기가 훨씬 더 비싸다는 차이는 있지만."

"하지만 그러다가 들키면?"

"내가 마약 밀매나 강도짓 같은 불법적인 일들을 저지르지 않는 한, 아무것도 걱정할 게 없어. 우리 사장은 내 서류가 위조됐다는 걸 알아. 하지만 사장에게 중요한 건 내가 일을 잘하는 직원이라는 거고, 또 미국 시민권을 소유한 직원들보다 월급을 적게 줘도 된다는 거지."

"하지만 형네 사장님도 범죄 행위를 하는 거야. 학교에서 그렇게 배웠어."

"그건 이론일 뿐이야! 이민국 직원들이 조사 나오면 우리 사장이 뭐라고 해명하는지 알고 싶지도 않아. 미국 사람들조차 자기네 법을 지키지 않는데, 내가 걱정할 게 도대체 뭐람?"

"형은 여권을 위조한 거야?"

"아니, 그건 너무 비싸서 살 수 없어. 하지만 위조된 운전면허증과 사회보험증은 가지고 있지. 그거면 증명서로 충분해. 어쨌든 일상적인 검문에는 말이지."

"하지만 운전면허증의 시효가 다 지나면? 새로 만들려면 출생증명서가 있어야 한다는 말을 뉴스에서 들었어."

"알아. 그래서 그걸 사려고 계속 돈을 모으고 있어."

"출생증명서를? 그런 걸 도대체 어디서 사지?"

"넌 모르는 게 좋아. 문서를 위조해서 돈을 산더미처럼 버는 사람들이 있어. 하지만 그 사람들 주소는 일급비밀이야."

"형수님이 겁에 질려 있어. 집 바깥에 나가려고 하지 않아. 그러니 형수님에게도 그런 증명서를 마련해 줘."

"나도 알아. 하지만 일단 내 증명서를 먼저 마련해야 돼. 내가 돈을 버니까. 네 형수는 집에 있는 게 나아. 이민국 직원들은 개와 비슷해. 누군가 위조된 증명서를 가지고 있으면서 겁을 내면, 그들은 그 냄새를 맡아."

루카는 저녁 때 엄마와 그 문제에 대해 이야기를 나누었다. 루카와는 달리, 엄마는 처음부터 언론에서 벌이는 논쟁을 주의 깊게 지켜보고 있었다.

"네가 불법 체류자로 사는 한 불안감은 너의 한 부분이란다. 두려움은 언제나 있어."

엄마가 말했다.

"하지만 네 형수 아드리아나처럼 불안감에 짓눌려서 살면 안 돼. 그것 때문에 병이 날 정도라면 자발적으로 돌아가는 게 나아."

"엄마도 세금을 내요?"

루카의 질문에 엄마가 고개를 끄덕였다.

"청소 용역 회사에서 일하면서부터 내고 있어. 그 전에는 미국 가정집에서 가정부로 일해서 현금을 받았고, 세금도 내지 않았어."

"미겔 형 말로는 일을 하려면 사회보험증이 필요하다고 하던데, 엄마 그거 어디서 났어요? 증명서가 있어요? 엄마 여기서 불법 체류하는 거 아니었나요? 증명서를 샀어요?"

엄마가 한동안 아무 말도 하지 않다가 짜증스럽다는 듯이 입을 열었다.

"미겔은 말이 너무 많아. 루카, 넌 그 문제 때문에 골치 앓을 필요 없다. 난 월급을 받기 위해서 열심히 일하고, 규정대로 세금을 내고 있어. 어쨌든 일을 해서 먹고 살아야 할 게 아니냐?"

"들키면 엄마는 감옥에 가게 돼요."

"그런 걱정은 일이 벌어진 다음에 해도 늦지 않아. 그리고 지금까지는 아무도 눈치 채지 못했다. 난 선택의 여지가 없어. 우린 모두 한쪽 다리는 감옥에 걸쳐 놓은 채 사는 거나 마찬가지야. 그런 상황을 견딜 수 없다면 멕시코로 돌아가야지."

루카는 기가 막혔다. 불법 체류가 위험하다고 해도 아직 그 자체가 범죄 행위는 아니다. 하지만 문서 위조는 엄마를 바로 감옥으로 가게 만들 것이다. 미겔 형이 엄마에게 위조된 증명서를 마련해 주었을 게 틀림없다.

루카는 파트리시아 누나와 이 일을 상의해 보려고 했지만, 누나는 이 문제를 별로 심각하게 받아들이지 않았다. 파트리시아는 주말에 친구들이랑 공공연하게 국경을 넘어 티후아나에 쇼핑을 갈 정도였다.

"위험 부담이야 언제나 있지."

파트리시아가 말했다.

"멕시코로 들어가는 건 간단해. 입국허가증이 있느냐고 물어보는 사람도 전혀 없어. 그냥 산책하듯 들어가지. 미국으로 돌아오는 건 복잡해. 국경경찰이 날 붙잡고 질문을 퍼붓는 일도 벌써 여러 번 있었어. 난 그럴 때면 내가 산타아나 병원에서 태어났고, 미시즈 브라운 선생님의 유치원에 다녔다, 뭐 그런 이야기를 해. 그러고는 고등학교 학생증을 그 사람들 코앞에 내밀어 보이지. 대학에서 장학금을 받을 예정이라고. 얼굴이 빨개지거나 말을 더듬지만 않으면 돼."

"하지만 그게 통하지 않을 때는?"

파트리시아가 어깨를 으쓱했다.

"그런 일이 벌어지면 안 되지. 루카, 위험을 무릅쓰지 않으면 즐거움도 없어. 아드리아나 새언니처럼 집 안에서 떨고만 있어야 하겠니? 내가 만약 잡힌다면…"

"지금까지 이루어 온 게 모두 헛수고가 되는 거지."

엄마가 파트리시아의 말을 가로채며 말했다.

"하지만 네 누나는 내 말을 듣지 않는구나."

카를로스가 저녁 늦게 학교에서 돌아왔다. 그는 고속도로에서 이민국 직원들에게 또 붙들려 증명서를 보여 주어야 했기 때문에 기분이 아주 나쁜 상태였다.

"이민법에 대한 논쟁이 벌어지면 라티노들이 몽땅 피해를 입어. 외모가 라티노면 자동적으로 불법 체류자라고 생각하고 그렇게 취급한다고!"

카를로스가 욕을 섞어가며 불만을 터뜨렸다.

"하지만 난 미국 사람이야! 아무도 날 라티노처럼 모욕하고 창피를 줄 수는 없어!"

이모부를 도와 집 뒤편의 연못을 청소하던 루카는 소스라치게 놀랐다.

이모부가 팔을 루카의 어깨에 둘렀다.

"루카는 멕시코 사람이다! 그리고 루카도 당연히 모욕을 당하면 안 돼!"

이모부가 아들을 야단쳤다.

"그런 말은 이민국 직원들에게나 하세요! 멕시코 그 인간들과 한통속으로 취급당하는 데 이제 질렸어요!"

"너도 '그 인간들' 가운데 한 명이면서 마치 이민국 직원들처럼 모욕적인 말투로 이야기하는구나. 누가 너한테 그럴 권리를 주었지?"

"난 미국 사람이라고요!"

"그거야 네 엄마가 우연히 널 미국에서 낳았기 때문이지. 우연히! 내 말 알아듣겠어? 그건 네가 애써서 이룩한 일이 아니라, 그저 운이 좋았을 따름이야. 그러니 네 인생이 루카보다 편안한 걸 고마워해야 한다."

카를로스는 경멸하듯 콧방귀를 뀌더니 휙 집을 나가 버렸다.

"너무 신경 쓰지 마라. 카를로스는 그런 뜻으로 한 말이 아니야."

루카는 아무 말도 하지 않았다. 이모부에게 항의하고 싶지 않았다. 어쨌든 지금 이모부네 집에서 살고 있으니까. 하지만 카를로스가 자기가 말했던 대로 생각한다는 거야 두말할 것도 없이 확실했다.

디에고 이모부는 적어도 주말에 한 번은 온 가족이 점심 식사를 함께 해야 한다는 원칙을 고수했다.

"이곳 생활은 무척 힘들다. 하지만 우리가 서로 도우면 성공할 수 있어."

이모부는 늘 이렇게 말했다.

'가족끼리 서로 돕기'는 이모부가 자주 꺼내는 주제였다. 이모부에게 주말에 함께하는 점심 식사는, 루카 엄마나 이모가 일요일마다 성당에 가는 의식과 같은 것이었다. 심하게 아프거나 루카의 엄마처럼 교대 근무가 있는 사람만 점심 식사에서 빠졌다.

카를로스조차도 반항하지 않고 이 규칙을 받아들였다. 물론 그는 가족과 함께 점심 식사를 하면서, 이 세상 어디라도 여기보다는 낫겠다는 표정으로 앉아 있었다.

하지만 루카는 그 시간을 정말 좋아했다. 루카는 몇 년 동안이나 할머니하고 둘이서만 식사를 했다. 가끔 삼촌이 함께 먹을 때도 있기는 했다. 엄마와 이모가 정성껏 준비한 음식을 먹고 있노라면 이민국 직원들에 대한 걱정이나 조지와 그 친구들이 퍼붓는 모욕도 잊을 수 있었고, 카를로스의 찌푸린 얼굴도 신경 쓰이지 않았다.

초기에는 차라리 멕시코 삼촌 옆에 있는 게 더 낫지 않았을까 스스로에게 물어본 적도 몇 번 있었지만, 이렇게 주말에 점심을 먹다 보면 언제나 그 질문에 대한 대답이 나왔다. 가족이 여기에 있고, 자기는 이 가족에 속한다는 대답이….

12

 두려움 속에서 산다는 말을 루카는 알 수 있을 것 같았다. 루카도 베로니카가 아니었더라면 학교가 파한 뒤나 주말에 아드리아나 형수처럼 집 안에만 숨어 있었을 것이다.
 국경과 불법 이민자라는 주제를 자신의 생활에서 완전히 밀어냈던 시간은 이제 지나가 버렸다. 불법 체류자들의 운명에 대한 격렬한 토론은 루카에게 극심한 충격을 안겨 주었다. 루카는 자기가 살고 있는 거리를 천천히 지나가는 차 안에는 모두 이민국 관리들이 타고 있어서 엄마와 누나, 자기를 잡으러 왔다고 생각하게 되었다.
 학교에 있을 때도 교과를 맡은 선생님을 대신하여 낯선 선생님이 반에 들어오면, 루카는 그가 교사를 위장하여 잠복 근무를 하는 이민국 관리라는 생각이 들어 두려웠다.

루카와 수학 수업도 함께 듣는 조지는, 라티노처럼 보이는 아이들만 보면 놀릴 기회를 절대 놓치지 않았다.

"어떤 이름이 마음에 들어?"

어느 날 아침, 정치 수업이 시작되기 전에 조지가 루카에게 물었다.

"포요(병아리)? 불법 외계인? 아니면 모카도(젖은 등, 강을 건널 때 옷이 젖는 불법 이민자에 대한 경멸어)?"

루카가 미처 뭐라고 대답을 하기도 전에 베로니카가 끼어들었다.

"그 애 이름은 루카야!"

"누가 너한테 물었어?"

조지가 위협적으로 베로니카를 가로막고 섰다. 하지만 그런 일에 겁을 낼 베로니카가 아니었다. 그녀는 조지에게 가소롭다는 듯 웃음을 날렸다.

"빌어먹을 치카노들(미국에 사는 멕시코 사람을 일컫는 용어 가운데 하나)!"

조지가 쳇소리를 냈다.

"우린 너희도 모두 끝장을 낼 거니까!"

"'우리'가 누구지? 너희 민병대 패거리들?"

의기양양하던 조지의 얼굴에서 웃음이 사라졌다. 조지는 잠깐 동안 얼어붙은 채 아무 말도 하지 못하다가 당황한 표정으로 물었다.

"네가 민병대를 어떻게 알아? 그리고 왜 그런 생각을 하지?"

"네가 그들 중 하나라는 거 다 알아. 주말마다 국경에 가서 그 패거리와 만나서 권총을 쏘는 깡패 짓거리를 하고 다니지? 세상에! 어쩌면 그렇게 유치할 수가 있어?"

조지가 성큼 앞으로 다가와서 베로니카의 팔을 등 뒤로 비틀었다.

"입 다물어, 까불다가는 다칠 테니까!"

"조심! 선생 등장!"

교실 문 앞에서 보초를 서고 있던 마이크가 소리쳤다. 2분 뒤, 선생님이 교실에 들어섰을 때는 학생들이 모두 자리에 앉아 숙제를 들여다보고 있었다.

수업이 끝난 뒤에 루카는 늘 그렇듯이 베로니카, 파블로와 함께 운동장에서 간식을 먹었다.

조지가 큰소리로 웃으며 자기 친구들과 함께 아이들 앞을 지나갔다. 그러다가 베로니카를 보고 멈추어 서더니, 위에서 내려다보며 말했다.

"언젠가는 네 뻔뻔한 말들이 목구멍에 걸리게 될 거다!"

베로니카가 조지의 얼굴을 바라보며 크게 깔깔 웃었다.

"치카노가 뭐야?"

조지가 화가 나서 지나간 뒤에 루카가 물었다.

"얘기하자면 길어. 여기서 설명할 수도 없고, 오늘 저녁에 우리 집으로 와."

"민병대는 또 뭐야?"

"그것도 오늘 저녁에 설명해 줄게. 여기선 누가 들을지도 모르니까. 난 조지가 무섭지 않아. 그 아인 나한테는 어떻게 할 수가 없어. 하지만 너한테는 정말 해를 입힐지도 몰라."

그 말은 루카의 두려움을 없애 주는 데 전혀 도움이 되지 못했다.

루카 엄마는 베로니카네 주소를 보자마자, 그곳이 산타 아나의 고급 주택가인 것을 금방 알아보았다. 그곳에는 변호사나 의사, 기업인들이 살았다. 주민들의 조상은 대부분 멕시코 사람들이었지만, 후손들은 그동안에 미국 시민권을 취득했다.

"잘 연결된 인맥이 가장 중요해!"

루카 엄마가 말했다.

"국가는 믿을 수 없으니 우리끼리 서로 도와야지. 너의 베로니카가 우리가 성공한 멕시코 사람이 될 수 있도록 그 문을 열어 줄 거다."

"그 애는 '나의 베로니카'가 아니에요!"

루카가 항의했다.

"우린 그냥 친한 친구 사이라고요!"

"그럼 더 잘됐다! 사랑 타령을 하다 보면 가장 두터운

우정도 깨지기 쉬우니까. 그러면 베로니카의 훌륭한 인맥도 아깝게 되지."

문을 연 베로니카의 엄마는 루카를 따뜻하게 맞아 주었다.

"네가 루카로구나. 베로니카가 벌써 네 얘기를 많이 했단다. 널 당연히 자기 캠페인에 끌어들였지. 하지만 조심해라. 증명서가 없는 사람은 뒤로 물러서 있어야 한단다. 위험하니까 말이야."

루카는 당황하여 베로니카의 엄마를 바라보았다. 무슨 소리인지 전혀 알아들을 수 없었다.

"시위하는 게 뭐가 위험하다는 거예요?"

엄마 뒤에서 나타난 베로니카가 루카의 팔을 붙들어 거실로 잡아끌었다.

"여긴 자유국가고, 누구나 자기 생각을 말할 수 있어요. 헌법에 보장된 권리라고요!"

베로니카가 루카를 방 중간에 있는 커다란 탁자로 데리고 갔다. 탁자 위에는 사진이 몇 장 놓여 있었다.

"다른 친구들이 오기 전에 너한테 보여 줄 게 있어. 우리 아빠가 치카노였다는 걸 덩컨이 알 필요는 없으니까. 여기 이 분들은 우리 증조할아버지와 할머니야."

베로니카가 나이든 남자와 여자가 딱딱한 표정으로 카메라를 바라보고 있는 흑백 사진을 가리켰다.

"100년도 더 전에 멕시코에서 이리로 오신 가난한 농부들이지. 농장에서 일하셨대. 그리고 여기 이 사진은 대학교 시절의 우리 아빠야. 아빠는 부모님이 피부 색깔 때문에 백인들에게 떠밀리고, 하류 인생처럼 취급당하는 걸 옆에서 보았기 때문에 치카노에 가입했대. 치카노는 멕시코 출신 미국인들로 이루어진 그룹인데, 백인들의 인종주의에 반대하는 사람들이야. 흑인 미국인들에게 블랙파워운동이 있듯이, 멕시코 사람들에겐 치카노 그룹이 있었던 거지. 주로 60년대와 70년대에 활동했어. 상당히 과격해. 미국은 갈색 인종의 대륙이며, 백인들은 이곳과 상관이 없다고 주장하니까."

"너희 아빠는 아직도 치카노야?"

"아니야. 멕시코 사람들이 미국 사람과 동등한 권리를 누리도록 여전히 싸우고 있지만, 지금은 방송이나 정치적인 인맥 같은 다른 수단을 활용하지. '변화를 바란다면, 네 편 사람들을 관직에 앉게 해라.' 이게 아빠가 늘 하시는 말씀이야. 아빠 대학교 때 친구들 중에 국가 행정부의 중요한 위치에 있는 사람들이 많아. 우리 시장도 라티노잖아. 에스파냐어는 로스앤젤레스의 두 번째 공용어야."

베로니카의 엄마가 방을 들여다보았다.

"다른 친구들도 오니?"

"예. 파블로와 후안, 마리셀라가 와요. 어쩌면 덩컨도 올 거예요. 같이 시위를 준비하기로 했어요."

베로니카 엄마가 고개를 흔들며 루카와 베로니카를 번

갈아 바라보았다.

"왜 그런 일을 그냥 어른들에게 맡기지 않니? 베로니카, 넌 왜 언제나 그런 문제에 뛰어들려고 하지? 너 자신을 한번 살펴봐. 넌 이렇게 좋은 집도 있고, 학교 성적도 좋아. 왜 거기에 만족하지 못하는 거니?"

"두려워하며 산다는 게 무슨 뜻인지 엄마를 통해 알게 됐으니까요! 우리 모두 참여해야 하니까요! 그렇지 않으면 아무런 변화도 없을 거예요!"

베로니카 엄마가 한숨을 내쉬었다.

"어쨌든 조심해라! 선두에 설 필요는 없어!"

베로니카가 눈을 흘기자 엄마는 문을 닫았다.

엄마의 뒷모습을 바라보던 베로니카가 이야기를 하기 시작했다.

"우리 엄마는 작년에야 시민권을 획득했어. 하지만 잘못된 장소, 잘못된 사람들 앞에서 혹시 방귀라도 뀌었다가는 강제로 추방당할 거라는 공포심이 뼛속 깊이 박혀 있지."

"그런데 시위 얘기는 뭐야?"

"새 이민법에 반대하는 시위를 하려고 해. 학교에서 그 법안에 대해 이야기했잖아. 벌써 잊었어?"

루카는 고개를 저었다. 잊다니, 어떻게 그 논쟁을 잊을 수 있을까!

"수백만 명의 불법 체류자를 범죄자로 만드는 법안을

그저 가만히 앉아서 받아들일 수는 없어."

베로니카가 말을 이어갔다.

"루카, 너도 그렇잖아. 넌 가족과 함께 살기 위해 여기로 온 거야. 그게 네가 범죄자가 되어야 할 이유야? 네 엄마가 범죄자야? 도대체 무슨 범죄 행위를 했는데? 그리고 나도 범죄자야? 너랑 친구고, 그래서 널 이민국에 신고하지 않는다고 해서? 우린 거리로 나서야 해! 우리 아빠 말로는 라틴아메리카 사람들로 구성된 조직과 에스파냐어 방송, 신문들이 전국적인 시위를 계획하고 있대. 우리 라티노들은 4천만 명이야. 소수 인종 가운데 가장 많지! 힘이 있어. 그래서 우린 그 힘을 보여 주려고 해!"

"우리?"

"난 친구들이랑 학교에서 시위를 하려고 계획 중이야. 너도 같이 할래? 오늘 저녁에 펼침막과 전단지를 만들 거야. 다른 아이들도 올 때가 됐어."

루카가 어떻게 싫다고 할 수 있으랴. 이건 원래 루카의 문제이지 베로니카의 문제가 아니었다.

그래서 루카는 베로니카가 주는 붓과 검은색 물감을 받아 들었다. 다른 아이들이 도착했을 때는 펼침막 몇 개가 이미 완성된 뒤였다.

아이들은 밤늦게까지 일을 했다. 루카는 검은색 물감으로 에스파냐어와 영어로 글씨를 썼다.

"우리는 이민자들이지 범죄자가 아닙니다!"

"시, 세 푸에데(예, 가능합니다)!"

"우리가 미국이다!"

베로니카의 엄마는 여전히 못마땅한 표정이었지만, 사용하지 않는 흰 침대보를 가져다주었다. 그러고는 고개를 저으며, 거실 타일 바닥 위에 앉아 붓과 물감으로 흰 천에 커다랗게 글씨를 쓰는 다섯 명의 아이들을 지켜보았다.

"크고 선명하게 써! 교실 창문 밖에다 걸 거야. 운동장에서 볼 수 있어야 해!"

전체 행동을 지휘하는 베로니카가 명령했다.

"결과가 어떻게 될 것 같니!"

베로니카 엄마가 걱정을 했다.

"시위가 끝나면 너희는 학교에서 퇴학당할 거다!"

파블로가 웃었다.

"그렇지 않아요. 그러면 학교 당국은 학생들 절반에 교사들 40퍼센트를 쫓아내야 해요. 우린 혼자가 아니에요."

"하지만 정치가들에게 맡길 것이지 왜 너희가 나서니?"

"우리가 얼마나 많은지, 우리가 한꺼번에 시위를 하면 무슨 일이 일어나는지, 다른 사람들에게 보여 줄 때가 됐으니까요! 학교에서 하는 시위는 수많은 시위들 가운데 하나에 불과해요. 엄마도 이제 곧 보게 될 거예요!"

"하지만…."

"엄마, 루카는 불법 체류자예요. 그래서 강제 출국 당할까 봐 매일 불안해하며 살아요. 루카는 내 친구인데, 새로운 이민법이 통과되면 난 범죄자가 되는 거예요. 루카를 고발하지 않았다는 이유로요. 엄마가 작년까지 늘 불안해했던 거 잊었어요?"

엄마가 고개를 저으며 작은 목소리로 말했다.

"잊지 않았기 때문에 불안한 거다. 너희한테 무슨 일이라도 생길까 봐."

집에 돌아온 베로니카의 아빠는 아이들이 일하는 모습을 흡족하게 바라보았다.

"훌륭해! 펼침막과 다른 천들은 사용하고 다시 가져와라. 다음 주에 있을 대규모 시위에서도 써야 하니까."

베로니카 아빠가 친구들과 전화 통화를 했다. 잠시 뒤에 친구들 몇 명이 차에 침대보를 실어 왔고, 펼침막에 쓸 새로운 문구도 말해 주었다. 멕시코 국기를 가지고 온 사람도 있었다.

자정이 조금 지났을 무렵에야 일이 끝났다. 베로니카 아빠가 차로 루카를 집까지 데려다 주었다.

"너도 곧 보겠지만, 아주 거대한 사건이 될 거야. 우린 이제 더 이상 함부로 취급받으며 살지 않을 거야. 로스앤젤레스에 새로운 미국을 건설하는 거지. 우린 벌써 투표권을 행사하여 라티노 시장도 뽑지 않았니? 멕시코 사람들, 특히 불법 체류자가 없으면 미국 경제는 무너질 거다. 누가 밭에서 토마토와 레몬을 수확하지? 캘리포니아 농장 일꾼의 95퍼센트는 불법 체류자들이야. 레스토랑에서 누가 음식을 나르지? 부유한 사람들의 집은 누가 청소하고, 누가 아이들을 돌보며, 누가 잔디를 깎지? 우리의 시위가 끝나면 미국 사람들은 라티노가 없으면 아무것도 안 된다는 걸, 한 명도 남김없이 알게 될 거야. 루카, 넌 흥미진진한 역사적인 사건에 참여하게 되는 거다!"

집은 아주 어두웠다. 루카는 식구들을 깨우지 않으려고 열려 있는 부엌문을 통해 집 안으로 살금살금 걸어 들어갔다.

거실에서 카를로스의 목소리가 들렸다.

"그 사람들 때문에 우리 모두 위험해진단 말이에요!"

"그 사람들??"

이번에는 이모부의 화난 목소리가 들렸다.

"네 가족이야! 마리아 이모는 남편을 잃었고, 이모의 아들이자 네 사촌인 에밀리오는 흔적도 없이 사라졌다. 아마 체포됐거나 죽었겠지. 파트리시아는 장래가 밝고 루카도 마찬가지야. 이모는 일자리가 있어. 하지만 멕시코에서는? 거기서 네 이모에게 무슨 기회가 있겠니? 가족은 서로 도와야 한다."

"그럼 나는요? 나는 밝은 장래에 대한 권리가 없나요? 난 그저 학교를 제대로 마치고 싶을 뿐이에요. 불법 체류자를 숨겼다는 사실이 알려지면 우린 모두 처벌받아요. 그리고 전과자는….”

"아직 그런 일은 없어. 그 규정이 들어 있는 법안이 통과될지 안 될지 어떻게 아니? 백인 미국인들이 라티노에 대한 일을 더 이상 제멋대로 결정할 수는 없어! 우리 숫자가 아주 많으니까!"

"하지만 통과되면요? 그럼 난 이민국에서 들이닥칠지도 모른다는 불안감을 늘 안고 살아야 해요!"

"불안감을 안고 살아야 하는 사람은 마리아 이모와 루카와 파트리시아, 그리고… 그리고 다른 모든 불법 체류자들이다."

위층 자기 방에 올라온 루카는 서둘러 이불을 헤치고 옷장에서 배낭을 꺼내 든 다음 부엌을 통해 정원으로 나갔다. 그러고는 연못가 땅바닥에 누워 칼라베라가 바깥을 볼 수 있도록 배낭을 열었다.

"내가 지금 여기서 뭘 하고 있어요? 아빠가 말 좀 해 보세요. 엄마는 거의 볼 수 없어요. 늘 일을 하니까요. 언제나 시간외 근무를 해요. 모두 일을 하거나 공부를 하거나 뭔가 계획을 세워요. 토요일과 일요일 12시부터 3시까지는 가족이 모이지만, 단 1분도 더 길게 앉아 있지는 않아요. 늘 '눈에 띄지 않게 조심해라!'는 말을 듣지요. '잘 숨어 있어라. 말 한마디라도 잘못하거나 쓸데없는 말을 했다가는 넌 멕시코로 가는 버스를 타게 된다.' 이런 말도요. 난 여기서 도대체 뭘 하고 있나요?"

13

 좌절과 불안이 루카의 밤을 지배했지만 낮에는 그럴 틈조차 없었다. 학교에서 있을 대규모 시위를 준비하느라 단 1분도 쉴 수 없었기 때문이다.
 시위가 벌어지는 날 아침 루카는 일곱 시에 학교에 도착했다. 파블로와 베로니카, 덩컨, 시위를 준비한 다른 많은 학생들도 이미 와 있었다. 학교 경비원 루이스는 7년 전에 산살바도르에서 불법 이민 온 사람이었다. 오늘 무슨 일이 벌어질지 알고 있는 그가 아이들에게 교실 문을 모두 열어 주었다.
 얼마 뒤에 창문들마다 침대보가 펄럭거렸다.
 "시, 세 푸에데!"
 루카는 학교 매점에서 전단지를 나누어 주고, 교실과 사무실의 문에 쪽지를 붙였다.

교사들과 다른 학생들이 수업 시작 시간에 맞추어 학교에 들어섰을 때, 학교는 새 이민법에 반대하는 시위 장소로 변해 있었다.

운동장에 모인 시위 참가자들은 평화로운 시위의 상징으로 하얀 티셔츠를 입었다.

루카도 아이들 틈에 끼어 "우리가 미국이다!"라고 적힌 펼침막을 높이 들었다.

처음에는 놀란 듯 바라보던 학생들도 나중에는 시위대에 참가하여 "시, 세 푸에데!"를 외쳤다. 몇몇 교사들도 즉흥적으로 시위에 참가했다.

알바레츠 선생님이 루카의 손에서 펼침막을 받아 들고는 머리 위에서 마구 휘두르며 말했다.

"진작 이렇게 시위를 했어야지!"

선생님이 루카를 향해 밝게 웃었다.

다른 아이들은 짜증스럽다는 듯이 고개를 저으며 시위대 옆을 지나 총총히 학교 건물로 들어갔다.

조지는 늘 그렇듯이 수업 시작 직전에 친구들과 함께 나타났다. 루카는 조지 패거리가 멈칫거리고 서서 믿을 수 없다는 듯이 주위를 둘러보는 모습을 지켜보았다.

바로 그 순간 파블로가 "우리가 미국이다!"를 외쳤고, 다른 사람들이 모두 환호성을 지르며 그 소리를 따라 했다.

"시, 세 푸에데! 우리가 미국이다!"

조지의 얼굴이 하얗게 질렸다가 다시 붉어졌다. 그러고는 입을 열었다가 다시 다물더니 주먹을 움켜쥐고 몸을 휙 돌려 어디론가 달려갔다. 친구들이 조지의 뒤를 따랐다.

조지와 친구들은 30분도 채 지나지 않아 다시 나타났다. 어쨌든 루카는 그 무리가 조지 패거리라고 추측했다. 그 아이들은 모자가 달린 하얀 망토를 입고, 얼굴에도 하얀 가면을 쓰고 있었다. 가늘게 찢은 틈으로 눈만 보였다. 들고 있는 포스터는 아주 급하게 만들었다는 것을 누가 보아도 확실히 알 수 있었다.

"우리가 미국이다!"

"불법 체류의 뜻을 모르는가?"

"불법 체류자는 범죄자!"

가면 그룹의 대장이 커다란 미국 국기를 흔들어 대며 소리쳤다.

"멕시코 국기를 보고 싶다면 멕시코로 돌아가라!"

가면을 쓴 다른 아이들이 작은 미국 국기를 흔들며 한목소리로 외쳤다.

"멕시코로 돌아가라! 멕시코로 돌아가라!"

"저 애는 조지야!"

파블로가 루카에게 외쳤다.

"겁쟁이라서 자기 얼굴을 내보이지 못하는 거야!"

가면을 쓴 아이들이 점점 늘어났다. 그 무리는 교장선생님이 막아선 학교 건물 안으로 들어가려고 했다.
"가면을 벗든지 그냥 바깥에 있든지 해라!"
교장선생님이 소리쳤다.
가면을 쓴 무리가 교장선생님을 한쪽 옆으로 밀어냈다.
위에서 침대보들이 떨어져 내리다가 나뭇가지에 걸렸다.
"불법 체류자들을 끝장내자!"
가면을 쓴 아이들이 소리쳤다.
"우리가 미국이다! 우리 없이는 아무 일도 할 수 없다!"
다른 쪽에서 베로니카가 자기편을 격려하며 소리쳤다.

운동장에서 두 편이 서로 소리를 질러 기선을 제압하려는 사이, 위에서는 점점 더 많은 침대보가 땅바닥으로 떨어져 내렸다.

그때 가면을 쓴 그룹 대장이 갑자기 어느 교실 창문 앞에 모습을 드러내더니 소리쳤다.

"너희가 수확할 농작물이 여기 더 있다!"

대장의 명령이 떨어지기 무섭게 아주 푹 익은 토마토가 아래에 서 있던 아이들의 머리 위로 쏟아졌다. 토마토는 각자의 정치적 견해가 무엇이든 상관없이 아이들의 머리와 티셔츠, 침대보 위에서 마구 터졌다. 토마토 과즙이 온 사방에 튀며 모든 것을 붉은 색으로 물들였다.

시위대가 지붕에 게양한 멕시코 깃발에 불이 붙어 땅바

닥으로 떨어졌다. 아래에 있던 아이들은 비명을 질렀고, 잠시 뒤에 시위는 거친 주먹다짐으로 변했다. 교장선생님이 도움을 요청한 경찰들조차 이런 대혼란을 정리하는 데 시간이 한참 걸렸다.

이날 수업은 취소되었다. 학생들에게는 서둘러 학교를 떠나 집으로 가라는 명령이 내려졌다.

이 명령에 따르지 않는 학생들은 체포되었다.

하지만 루카는 아이들이 체포되는 모습을 보지 못했다. 베로니카가 경찰에 잡혀 쇠창살이 달린 경찰차로 끌려간 것도 알지 못했다.

루카는 경찰이 운동장에 발을 들여놓자마자 펼침막을 내려놓고 근처 공원으로 도망쳤다. 파블로와 다른 아이들 몇 명과 함께였다. 아이들은 잔디밭에 엎드려 상황이 어떻게 전개될지 기다렸다. 아이들의 수가 점점 더 늘어났다.

베로니카만 오지 않았다. 몇 시간이 지난 뒤에야 베로니카가 휴대전화로 경찰서에서 조서를 작성하고 풀려났다고 알려 왔다.

"우리 시위가 성과가 없어서 유감이야! 하지만 기운 내. 우린 계속 할 거니까!"

루카가 베로니카를 위로했다.

"성과가 없다니! 너 기자들 못 봤어? 내일 신문에 나올 기사를 기대해도 좋아! 텔레비전에는 오늘 벌써 나올 거야.

우리 목적은 사람들이 우리 문제에 관심을 갖게 하자는 거였는데, 조지와 가면을 쓴 그룹 덕분에 그 목적을 이루었잖아!"

조지와 그 친구들의 상황 인식도 베로니카와 똑같았다. 하지만 그 아이들은 기뻐할 이유가 전혀 없었고, 복수를 외치고 있었다. 복수의 기회는 며칠 뒤에 찾아왔다. 루카와 베로니카가 시위 성과를 축하하기 위해 몇몇 친구들과 저녁에 해변에서 만나기로 한 날이었다. 그 만남은 비밀이 아니었기 때문에 아이들은 정치 수업이 끝난 뒤에 약속을 정했다.

석쇠에 올려놓은 스테이크의 맛있는 냄새가 해변에 퍼지며 파티가 한창 무르익을 무렵, 갑자기 조지가 탄 콤비와 그의 친구들이 탄 다른 차 두 대가 나타났다.

처음에는 그저 평범한 소동으로 보였다. 조지 패거리는 석쇠를 뒤엎고 스테이크를 모래 위에다 짓밟으며 난동을 부렸다. 그러다가 갑자기 조지가 권총을 꺼내더니 베로니카를 겨누었다.

"차에 올라타! 모두!"

조지가 명령을 내렸다.

베로니카와 다른 아이들은 모두 뻣뻣하게 얼어붙었지만, 파블로는 껄껄 웃었다.

"이게 무슨 미친 짓거리야? 우리 시위가 성공적이었고, 뉴스에서 너희를 좋지 않게 말했기 때문에? 비겁한 패배자로군."

조지가 경멸하듯 얼굴을 비틀며 웃었다.

"결국 누가 패배자가 될지는 두고 볼 일이지. 어서 올라타!"

"그렇게 명령하지 말고 좀 정중하게 부탁해 봐."

파블로는 조지가 아직도 짓궂은 장난을 친다고 생각하는 모양이었다.

총소리가 나더니 베로니카 발 옆의 모래가 세차게 흩날렸다.

"너 미쳤어?"

베로니카가 도움을 청하기 위해 주변을 살폈지만, 아이들이 고른 파티 장소는 산책을 나온 다른 차량들이 잘 다니지 않는 외딴 해변이었다.

"얼른 올라타! 세 번째 명령이고, 마지막 명령이다!"

아이들이 이번에는 모두 조지의 명령에 따랐다. 아이들은 얼른 콤비 뒤로 기어올랐고, 좌우로 길게 놓인 의자에 앉았다.

루카가 이런 의자에 마지막으로 앉아 본 것은 국경경찰에게 잡혔을 때였다. 불안해서 속이 메슥거렸다. 조지가 겁난다기보다는 이들이 이민국 경찰들 앞에 자기를 내려놓을지 모른다는 불안감 때문이었다.

경찰들은 합법적으로 체류하고 있는 베로니카는 놓아줄 것이다. 파블로도 그렇고. 덩컨은 어차피 미국 사람이고…. 후안과 마리셀라도 루카처럼 강제 출국 당할 것이다. 로베르토는 확실하게 알 수 없었다. 자기 과거에 대해 전혀 이야기를 하지 않았으니까. 빅토리아는 늘 미국에서 태어난 것처럼 말했지만, 루카는 그 말을 믿지 않았다.

아이들이 탄 차는 로스앤젤레스를 벗어나 고속도로를 타고 국경인 남쪽으로 향했다.

입을 여는 사람은 아무도 없었다.

조지가 운전을 했고, 그 뒤에는 총을 든 백인 두 명과 흑인 한 명이 아이들과 함께 앉았다.

"백인 인종주의자와 한편이라는 게 창피하지도 않아?"

무거운 침묵을 더 이상 견디지 못한 파블로가 흑인에게 물었다.

그 흑인이 놀란 듯 파블로를 바라보았다.

"그게 무슨 소리야? 이건 인종주의랑 관계가 없어. 미국에 대한 일이야. 피부색과 상관없다고! 우리와 함께 행동하는 라티노들도 있어. 우리 미국인들은 국경을 방어할 뿐이야. 우린 정부가 이 문제에 관심 갖기를 원해. 멕시코에서 코카인이 하루에 몇 킬로그램씩이나 들어오는지 알아? 그리고 마약이 넘어오는 바로 그 길로 테러리스트들도 들어온다는 건? 일자리를 찾는 멕시코 사람들만 이 나라에 오는 게 아니야. 지금처럼 열려 있는 국경은 모든 사람의 안전에 위협이 돼. 내가 이 행동에 참여하는 이유는 우리 가족이 안전하게 살 수 있게 하기 위해서야."

"그리고 난 직업이 없기 때문에 참가했지."

백인 가운데 한 명이 말했다.

"외계인 한 명이 내 일자리를 채갔어. 최저임금에도 못 미치는 월급을 받고 일을 하겠다고 말하는 바람에. 난 누가 어떻게 생겼는지는 상관하지 않아. 하지만 난 미국 사람으로 일할 자격이 있어. 빌어먹을 멕시코 사람들만 아니라면 사장들은 똑같은 일자리를 적합한 돈에 우리에게 줄 거야. 멕시코 사람들은 임금을 다 망쳐 놓는다고!"

"토론은 이제 그만해!"

앞에서 조지가 소리쳤다.

"말로는 그 인간들을 설득하지 못해. 내가 이미 해 봤어. 저놈들은 이해할 생각을 안 해. 말로 해서 알아듣지 못하는 것들은 된맛을 봐야 해!"

차는 두 시간 뒤에 고속도로를 벗어났다. 국경과 병행하여 그 지역의 안쪽으로 향하는 모랫길이 있었다. 거대한 문 앞에서 차가 잠깐 멈추었다. 흑인과 백인 두 명이 차에서 뛰어내리더니 문을 열었다.

잠시 뒤에 차의 시동이 완전히 꺼졌다. 갇혔던 아이들은 모두 차에서 내려 둥글게 원 모양으로 서야 했다.

"이 목장은 나중에 내 소유가 될 거다."

조지가 말하기 시작했다.

"좋은 땅이지. 방학이면 늘 여기서 지냈어. 하지만 마음 껏 말을 달리는 대신, 아침마다 너희가 만들어 놓은 오물을 치우거나 할아버지와 함께 울타리를 수리해야 했어. 이 목장이 우연히 국경과 고속도로 사이에 있다는 이유만으로! 내 생각에 멕시코에는 사유재산이라거나 뭐 그런 건 없는 모양이다. 그래서 너희는 그냥 지름길로 가면서 눈에 보이는 건 뭐든지 망가뜨리고 주변에 온통 쓰레기를 던지지?"

"내가 던진 쓰레기가 아니야! 난 너처럼 미국 사람이야. 국경을 넘은 적이 없다고! 난 여기서 태어났어!"

"입 닥쳐! 여기는 내 목장이고, 발언권은 나에게 있어!"

조지가 파블로의 얼굴에 총을 겨누었다.

"우리가 왜 국경을 지켜야 하는지 너희는 알려고 하지 않아. 그러니 우리 미국인들이 매일 우리의 담장을 넘는 불법 이민자들을 왜 끔찍하게 싫어하는지, 내가 아주 구체적인 증거를 보여 주지."

"난 아니야! 난 미국 사람이야! 백인 미국인이라고!"

덩컨이 소리를 질렀다.

"우리 조상은 유럽에서 왔어. 너희 조상도 마찬가지야! 네 할아버지의 할아버지의 할아버지가 인디언들에게 이 대륙에 함께 살아도 되겠냐고 허락을 구한 적 있어?"

"내가 오늘 저녁에는 말하고 싶은 기분이 아니시다 이 거야! 다음번에 떠드는 똑똑한 인간은 아주 특별한 대답을 얻게 될 거다."

조지가 총으로 덩컨의 발을 겨누었다. 조지의 신호에 따라 그의 패거리가 쓰레기봉투와 삽을 아이들에게 나누어 주었다.

"오물을 치울 도구다!"
"아이고, 난 그럴 생각 없어!"
베로니카가 고개를 흔들었다.
"네 쓰레기는 네가 치워!"
"내 쓰레기가 아니니까 그렇지."
조지가 솜사탕처럼 달콤한 목소리로 말했다.
"사랑스러운 베로니카, 여기에 쓰레기를 남기는 인간들은 내 고국 사람들이 아니라 네 고국 사람들이야. 네가 내 말을 알아듣지 못하니, 넌 손으로 쓰레기를 모아라. 고상한 이 아가씨에게는 삽을 주지 마!"
조지가 명령했다.
"자, 얼른 움직여! 우린 오늘 밤에 할 일이 또 있으니까!"
조지와 그의 친구들은 무기를 들고 뒤에 서서 울타리를 따라가며 아이들을 몰아댔다. 울타리는 국경에서 1킬로미터 떨어진 이 목장을 도로와 구분했다. 이 울타리는 국경에서 고속도로로 향하는 지름길을 막고 있었으므로, 국경을 넘은 사람들은 울타리를 넘거나 아래에 구멍을 파고 잔디를 가로질렀다. 정말 쓰레기가 산더미처럼 쌓여 있었다.

아이들은 맨손으로 몇 시간이나 종이 쓰레기와 담뱃갑, 음료수 병과 사람들이 배설한 똥을 치웠다.

"이 쓰레기는 저것들이 일부러 흩어 놓은 거야!"

파블로가 화가 나서 루카에게 말했다.

하지만 루카는 파블로를 바라보지 않았고, 대답도 하지 않았다. 루카는 담배꽁초를 집어 들고, 이미 반쯤 찬 커다란 쓰레기봉투에 던져 넣었다. 루카도 베로니카나 파블로처럼 화가 났지만, 조지가 한 말이 사실이라는 것을 알고 있었다.

쓰레기뿐이 아니었다. 불법 이민자들이 넘다가 망가뜨린 울타리 때문에 소들도 도망쳤다. 호스를 틀어 물을 사용하고는 다시 잠그는 걸 잊어버려서 아까운 물이 모두 사막으로 스며들었다. 더욱이 페드로는 가끔 소를 도살하여 모닥불에 구워 먹었다는 말까지 하지 않았던가.

"네가 배고프면 눈앞에 있는 소가 네 것인지 아닌지 중요하지 않게 돼. 네가 노루를 쏜다고 해도 아무도 흥분하지 않을 거야."

페드로가 이렇게 말했을 때, 루카는 고개를 끄덕였다. 그때, 그러니까 6개월 전에 루카는 그게 별 문제가 없다고 생각했다.

어떤 면에서는 페드로가 옳았다.

하지만 어쨌든 소는 그들의 것이 아니었고, 멕시코에서도 배가 고프다고 해서 눈앞에 있는 소를 그냥 마음대로 도

살하지는 않는다.

쓰레기를 치운 다음에는 울타리를 한 군데 고쳐야 했다. 조지는 그제서야 만족해서 소리쳤다.

"수업 끝!"

아이들은 쓰레기봉투를 목장 옆의 농기구 헛간 앞에 세웠다. 그런 다음 조지는 아이들을 데리고 목장을 돌아 뒤편에 있는 부엌문으로 갔다.

"우리 할아버지랑 할머니가 이미 잠자리에 들었으니까 조용히 해! 2주 전에 외계인 둘이 여기에 침입하려고 했어. 우리 할머니는 눈앞에 서 있는 남자 둘을 보고 기절할 듯 놀랐어. 다행히 우리 할아버지가 소리를 듣고 두 놈에게 총을 쏘았지. 다음 날 아침, 우리 할아버지와 할머니가 베니토를 발견했어. 아니, 베니토가 아니라 베니토의 한 부분만 발견했지. 빨다 만 뼈다귀! 외계인 둘이 저녁 식사로 구워 먹은 모양이더군. 베니토는 내가 열 살이 되던 해 생일 선물로 받은 개야. 여기 목장에서 살았어. 내 개였다고!"

아무도 입을 열지 않았다. 파블로조차 침묵했다.

"이제 꺼져라. 계속 거리를 따라가. 멕시코 인간들은 발자국을 읽는 데는 선수들이니까 문제없겠지? 우리나라로 들어오는 길도 쉽게 찾았잖아!"

아이들이 한참 동안 걸었을 때, 등 뒤에서 모터 소리가 들렸다.

"조지다! 얼른 덤불로 숨어!"

아이들은 한 명도 남김없이 모두 파블로의 말을 따랐다. 조지와 그 패거리의 손아귀에 또다시 들어가고 싶은 사람은 아무도 없었으므로.

점점 가까이 다가오던 자동차가 아이들이 숨은 곳을 지나쳐 갔다. 그러나 자동차는 백 미터 앞에서 멈춰 섰다. 차 문이 열리고, 손전등이 번쩍였다.

누군가 루카의 팔을 잡았다.

"여기 한 명 있다!"

루카가 몸을 숙였다.

"노 푸에데스 테네르 미에도(겁먹지 마)!"

루카 옆에 있는 사람이 말했다. 목소리가 무척 다정하게 들렸다.

"요 키에로 아유다르테(널 도와주려는 거야)!"

그는 분명히 조지의 친구는 아니었다.

루카의 친구들이 하나씩 덤불에서 나왔다.

젊은 남자 세 명과 여자 한 명이 자신들을 소개했다. 이들은 저녁마다 국경 근처의 사막에서 불법 이민자를 찾아내어 처음에 필요한 것들을 도와주는 미국인 그룹에 속한 사람들이었다.

"지칠 대로 지친 사람들이 계속 발견돼. 며칠 동안이나 사막을 가로질러 와서 목말라 죽을 지경에 이른 여자와 아이들도 있어."

그 중 한 남자가 아이들에게 이야기했다.

"그런데 너희들 지금 여기서 뭐 하지? 불법 이민자들 같지는 않은데."

"우린 지금 목장에서 오는 길이에요."

베로니카가 오늘 저녁에 벌어졌던 일을 모두 설명했다.

"그 노인들은 참 괜찮은 사람들이야. 하지만 불법 이민자들 때문에 화나는 일을 많이 겪었지. 게다가 얼마 전에 멕시코 사람 두 명이 자기 부인을 협박하자 남편이 아주 혼이 나가서 총을 쏘았어."

젊은이들은 아이들을 다음 주유소까지 데리고 갔다. 그곳에서 로스앤젤레스로 가는 트럭 운전수가 아이들을 태워 주었다.

루카가 집으로 살그머니 들어왔을 때는 이미 해가 뜰 무렵이었다. 밤에 파블로네 집에 있겠다고 했으므로 루카가 돌아오지 않은 것을 이상하게 여긴 사람은 아무도 없었다. 루카는 옷장에서 배낭을 꺼내 옆에 놓았다. 그러고는 배낭에 손을 얹은 채 아주 지쳐서 잠에 곯아떨어졌다.

14

다음 주에는 전국적인 규모의 시위가 예정되어 있었다. 엘 그란 파로(총파업)의 표어는 '이민자들 없이 지내는 날'이었다. 시카고에서 로스앤젤레스, 샌프란시스코에서 뉴욕에 이르기까지 전국에서 인권 단체와 노동자 그룹들이 미국에서 생산된 모든 상품의 불매 운동을 촉구했다. 천주교 추기경 로저 마호니도 미국 사람들에게 불법 체류자들을 도울 것을 요구했다.

베로니카의 아빠는 매주 자신이 진행하는 방송을 통해 라티노들에게 다음과 같은 말로 집회에 많이 참가할 것을 권했다.

"1620년 메이플라워 호를 타고 아메리카에 도착한 청교도들도 불법 이민자들이었습니다. 이들은 지금 미국의 조상으로 간주됩니다. 정확하게 말하자면, 이 대륙에 있는 모든 백인들도 예전에는 불법 이민자들이었습니다. 백인들의 아메리카는 4천만 라티노와 함께할 때만 유지될 수 있습니다. 우리가 얼마나 강한지 그들에게 보여 줍시다! 말로 해서 알아듣지 못하는 사람들은 된맛을 봐야 합니다!"

가족과 함께 텔레비전을 보던 루카는 소스라치게 놀랐다. 조지가 목장 청소를 시키면서 거의 똑같은 말을 했던 것이 귀에 쟁쟁하게 남아 있었기 때문이다.

루카 가족의 일일 파업은 아침 식탁에서 시리얼을 없애는 것으로 시작되었다. 카를로스는 화를 냈다.

"이건 멍청한 짓이에요! 내가 오늘 아침에 토르티야를 먹는다고 도대체 뭐가 달라지나요?"

"모든 사람이 너처럼 생각한다면 정말 아무런 변화도 일어나지 않을 거다!"

이모부가 카를로스의 손에서 시리얼 봉지를 빼앗았다.

"우리 모두 뭉쳐야 의미가 있는 거야!"

"아무런 의미도 없어요! 도대체 어떤 결과가 나온다는 거예요? 또 한 번의 사면요? 하지만 1986년의 사면도 골칫거리를 해결한 게 아니라 더 많은 불법 체류자들을 불러왔을 뿐이에요."

"아, 그래?"

파트리시아가 말했다.

"오빠한테는 우리가 그저 골칫거리에 불과하다 이거지? 오빠네 가족도 예전에는 불법 체류자였다는 걸 잊었어? 오빠 부모님에게는 행운이 따랐을 뿐이야. 그 이상도 이하도 아니라고!"

"더러운 멕시코 이야기로 괴롭히지 말고, 날 좀 내버려 둬!"

카를로스가 소리쳤다.

"우린 결국 체포되고 말 거야. 여기에 불법 체류자들이 사니까!"

모두 깜짝 놀라 카를로스를 바라보았지만, 루카는 동요하지 않고 토르티야를 계속 먹었다. 카를로스의 생각은 루카에게 전혀 새로울 게 없었다.

이모가 울면서 부엌에서 나갔다.

카를로스는 잠깐 동안 자기 엄마 뒤를 따라 나갈까 생각하는 듯했지만, 어깨만 한번 으쓱하고는 잔에 커피를 따랐다. 그러나 커피 잔을 입술에 미처 가져다 대기도 전에 이모부가 그의 팔을 세차게 잡았다.

"당장 나가! 그리고 네가 그런 생각을 하고 있는 한 돌아올 생각은 하지 마라. 우리 멕시코 사람들에게는."

이모부는 '우리'라는 말에 힘을 주었다.

"인생에서 가장 중요한 건 가족이다. 부나 직업적 명예보다 더 중요해. 네가 이 사실을 이해하지 못한다면 여기 있을 필요가 없다."

카를로스는 커피 잔을 식탁에 거칠게 내려놓더니 가방을 휙 챙겨 들고 집을 나갔다. 나가면서 문을 어찌나 세차게 닫았는지 그릇장에 있는 컵들이 부딪히며 떨리는 소리를 냈다.

모두 식욕을 잃었다. 루카와 파트리시아는 아무 말도 하지 않은 채 식탁을 치웠고, 엄마와 이모부는 울고 있는 이모를 달랬다.

"카를로스 오빠를 좋아한 적은 한 번도 없어!"

파트리시아가 말했다.

"하지만 이 정도로 나쁜 인간이라고는 생각도 하지 못했어!"

"형도 그냥 두려울 뿐이야!"

루카가 대답했다.

"우리와 똑같이 두려워하는 거라고. 아직 시작도 못한 자기 경력이 무너질까 봐 두려운 거야. 누나, 카를로스 형 여자 친구가 백인 미국인이라는 거 알고 있어? 형은 자기 친척들이 불법 체류자라는 게 부끄러운 거야."

"그래서 너 지금 그게 정상이라는 거야? 어쩜 그렇게 이해심이 많아? 우린 가족이야. 뭉쳐야 한다고!"

루카는 에밀리오 형과 아빠를 떠올리고 입을 다물었다. 그저 지금의 이 상황이 나쁜 징조가 아니기만을 바랐다.

모든 일은 일단 계획대로 순조롭게 진행되었다. 60만 명의 시위대는 로스앤젤레스 시내를 완전히 마비시켰다. 어디로 눈을 돌려도 끝없이 늘어선 펼침막들의 물결이 보였고, 사방에서 "시, 세 푸에데!" 함성이 울려 퍼졌다.

이렇듯 거리에는 사람들이 넘쳐 났지만, 레스토랑의 손님들은 아무리 불러도 오지 않는 종업원 때문에 애를 태웠다. 도시 근교의 대저택 주인들은 직접 아침을 준비하고 아이들을 유치원에 데려다 주어야 했으며, 점심 식사를 마련하기 위한 장도 직접 보아야 했다. 직원들 대다수가 라티노인 회사와 가게들은 애초부터 문을 열지 않았다.

도시는 비상사태에 빠졌다.

시위 때문에 피해를 입는다고 생각하는 사람들은 짜증을 내고 분노하면서도 어느 정도는 라티노들의 행동을 이해하는 듯 보였다. 시위를 벌이는 사람들은 축제에라도 가는 듯 즐거워했다. 고등학교에서 벌였던 시위 때와는 달리 모든 행사가 평화롭게 끝났다.

몇몇 반대 시위도 있기는 했다. 이들은 "불법 체류자는 모두 범죄자!" 또는 "보트가 넘친다! 집으로 돌아가라!"처럼 눈에 익은 구호가 적힌 펼침막을 들고 있었다. 하지만 그들은 라티노 시위대에 가까이 오지 못한 채 일정한 거리를 유지하고 있었다.

"우리 조지는 도대체 어디 있담?"

루카 옆에 있던 파블로가 물었다.

"오늘은 우리가 너무 많아서 겁이 난 모양이지?"

"이제 곧 우리가 다수를 차지하게 될 거야. 그러면 백인 미국인들이 우리의 의견을 따라야 해. 미래의 미국이 어떤 모습일지 우리가 함께 결정하는 거지!"

베로니카가 이렇게 말하고 루카와 파블로의 팔짱을 꼈다.

"우리 나중에 월마트에 가서 불매 운동이 잘 되고 있는지 살펴보자."

오후가 되자 행사는 모두 끝났고, 시위하던 사람들도 흩어졌다. 미국 최대 규모의 슈퍼마켓 계열 가운데 하나인 월마트는 이 시간이면 보통 주차할 자리가 없을 정도로 붐볐고, 계산대 앞에는 사람들이 길게 줄을 서야 했다. 하지만 오늘은 직원들이 놀면서 지루하게 시간을 보내고 있었다. 근처에 사는 멕시코 사람들 대부분이 미국 슈퍼마켓과 미국산 물품에 대한 불매 운동에 호응을 한 모양이었다.

"파업이 얼마나 계속될 예정이냐?"

나이가 많은 흑인 직원이 아이들에게 물었다.

"너희가 2주일 동안 시위를 지속한다면 우리 가운데 몇 사람은 일자리를 잃는다. 하지만 어쨌든 난 원칙적으로는 너희들 편이야. 30년 전에 우리도 똑같은 행동을 했지. 사람은 가끔 자신의 권리를 위해 싸워야 해. 특히 피부가 희지 않을 때는 말이다."

"내일은 사람들이 다시 올 거예요."

베로니카가 말했다.

"우린 그저 필요한 경우에 우리가 무슨 일을 할 수 있는지 보여 주려는 것뿐이니까요. 사람들이 우리의 힘을 진지하게 받아들이는 것, 우리가 원하는 건 그게 전부예요."

총파업은 성공적이었다. 벌써 확실히 알 수 있었다. 이른 저녁 무렵 루카는 기분이 좋아서 집으로 돌아왔다. 집에는 아직 아무도 없었다.

이모와 엄마는 시위가 끝나고 친구들을 방문할 예정이었다. 두 사람은 이날 일을 하러 가지 않았다. 은행들은 지저분한 휴지통을 비우지도 못한 채 오늘 하루를 보냈을 것이다. 청소 용역 회사 직원의 95퍼센트는 라티노였고, 이들은 모두 시위에 참가하기로 했으니까.

루카는 텔레비전 앞에 앉았다. 모든 프로그램에서 전국적인 시위를 크게 다루었다. 이제 워싱턴의 정치가들도 정신을 차리고 새 이민법을 쓰레기통에 던져 버리길 바랄 뿐이었다.

한참 지나자 집 앞 거리에서 이모의 자동차 멎는 소리가 들리고, 엄마의 목소리가 뒤를 이었다. 두 사람은 즐겁게 웃으며 집으로 들어왔다.

이모가 복도에서 춤을 추었다.

"대성공이야! 어쩌면 또 한 번 우리 모두를 위한 일반 사면이 이루어질지도 몰라!"

루카는 감탄하며 이모를 바라보았다. 이모 자신은 이 나라에 합법적으로 살고 있으면서도 고국 사람들을 위해 온힘을 다 쏟고 있었다.

"식탁에 수저와 접시를 놓아라!"

이모가 말했다.

"특별한 '승리의 음식'을 먹어야지. 오늘을 축하하자!"

그때 초인종이 울렸다.

루카가 문을 열었다. 모르는 남자 두 명이 문 앞에 서서 루카의 눈앞에 신분증을 들이밀었다.

"로드리게스 부인이 여기 살지?"

루카가 미처 "아니요, 주소를 잘못 찾으신 것 같아요"라고 대답하기도 전에 엄마가 그의 등 뒤로 다가오며 말했다.

"루카, 누구니? 손님을 들어오시라고 해라. 오늘은 누구나 대환영이야! 오늘…."

두 남자를 본 엄마의 목소리가 잦아들었다.

"이민국 경찰입니다! 로드리게스 부인입니까?"

엄마가 고개를 끄덕였다.

"귀하의 사회보험증을 보여 주십시오."

"내 보험…, 그런데 왜요?"

"귀하가 증명서를 샀다는 신고가 들어왔어요."

"하지만…, 난 모르는 일인…."

엄마가 말을 멈추고, 어쩔 줄 모르는 표정으로 루카를 바라보았다. 엄마의 영어 실력은 경찰에게 반대 사실을 주장하기에는 턱없이 모자랐다.

"누가 우리 엄마를 신고했어요?"

두려움보다 분노가 더 커진 루카가 물었다.

"이봐 젊은이, 지금 문답할 때가 아니야. 엄마에게 일단 증명서를 얼른 가지고 오라고 해. 증명서가 진짜면 걱정할 게 없잖아."

루카가 엄마를 따라 집으로 들어갔다.

"어떻게 해야 하죠? 다시 나가면 안 돼요. 체포될 거예요."

"안다."

엄마가 대답했다. 루카는 엄마의 차분한 목소리에 많이 놀랐다.

"하지만 어쩔 도리가 없어. 난 이런 일이 언젠가 일어나리라는 걸 조금은 예상하며 살았다."

엄마가 핸드백을 들고 증명서를 꺼냈다.

"루카, 넌 여기 있어라. 나갔다가는 너도 잡힐 테니까."

그 다음 몇 분 사이에 루카의 평생을 따라다닐 충격적인 일이 벌어졌다. 밖에서 말하는 경찰의 목소리가 집 안까지 울려 퍼졌다.

"이 번호는 존재하지 않습니다. 따라오십시오. 경찰서에서 더 자세하게 조사해야 하니까."

옷을 갈아입으러 위층으로 올라갔던 이모가 내려왔다.

이모는 경찰관이 보지 못하도록 숨어서 필사적으로 손짓하는 루카를 놀란 표정으로 바라보다가, 루카의 엄마에게 수갑을 채우는 두 남자를 보자 문으로 달려갔다.

"무슨 일이에요? 왜 우리 언니를…."

"누구…? 로드리게스 부인의 자매입니까?"

이모가 고개를 끄덕였다.

"그래요! 이게 도대체 무슨 일인지 어서 설명…."

"이민국 경찰입니다!"

경찰이 대답하며 신분증을 눈앞에 들이밀었다.

"익명의 신고에 따라 우린 두 분이 일하는 청소 용역 회사를 조사했습니다. 직원의 절반이 불법 체류자인데다가, 몇 명은 귀하의 언니처럼 위조한 사회보험증을 소지하고 있더군요. 귀하의 증명서를 보여 주십시오."

루카는 어두운 복도 안쪽으로 점점 더 깊이 들어갔다. 충격으로 다리가 후들거렸다. 엄마는 체포될 것이다. 그것은 확실했다. 문서 위조는 아무리 그럴싸한 핑계를 대더라도 경찰이 용인하지 않을 범죄였다. 엄마에게 행운이 따라 준다면 그냥 멕시코로 강제 출국 당할 것이고, 아니면 몇 주나 몇 달 동안 감옥에 갇혀 지내야 할지도 모른다.

하지만 일은 생각보다 더 크게 벌어졌다.

마르타 이모에게도 증명서가 없었다. 이모도 사회보험

증을 위조하여 일한 불법 체류자였다. 이모도 경찰서에 가야 했다.

루카의 머릿속에서 바람이 윙윙거렸다.

엄마가 다시 한 번 집 안으로 들어와서 루카를 아주 세게 껴안았다.

"네 친구 아빠에게 얼른 전화해라. 그 사람이 우리를 도와줘야 해! 그리고 디에고 이모부에게도 알려라!"

"그런데 마르타 이모는 왜요? 이모는 합법…."

"불법 체류자야! 당시에 사면 받을 조건이 안 됐어."

"내가 저 사람들과 이야기를 할게요. 엄마와 이모를 그냥 이렇게 잡아갈 수는 없어요!"

"잡아갈 수 있어! 그리고 저 사람들이 널 보면 너도 똑같은 일을 당한다. 지금 상황만으로도 이미 끔찍해. 그러니 이모부가 올 때까지 집 안에 있어라. 알아들었지? 파트리시아와 넬라와 카를로스가 올 때까지 기다려. 그리고 미겔 형에게 연락해!"

엄마가 루카를 다시 한 번 세게 껴안고 바깥으로 나갔다.

루카는 엄마와 이모가 중범죄자들처럼 수갑을 찬 채 자동차로 끌려가는 모습을 창문으로 내려다보았다.

이모가 차에 막 오르려고 할 때, 길 건너편에 주차되어 있던 차 문이 열리면서 카를로스가 내렸다. 그가 큰소리를 지르며 길을 건너 달려왔다. 그러고는 자기 엄마의 팔을 세차게 잡은 채, 흥분해서 경찰관들과 뭐라고 이야기를 하고는 미친 듯이 엄마의 수갑을 잡아당겼다.

경찰관이 카를로스에게 뭔가 이야기를 한 다음, 이모가 차에 올랐다.

루카는 엄마와 이모가 탄 차가 모퉁이를 돌아 사라지는 모습을 지켜보았다. 그런 다음 집 밖으로 나가, 카를로스가 여전히 얼어붙은 듯 서 있는 도로변으로 달려갔다.

"난 몰랐어!"

카를로스가 계속 더듬거리며 말했다.

루카는 카를로스 형이 불쌍했다.

"아무도 몰랐어. 우린 모두 이모가 합법 체류자인 줄 알았어!"

루카는 카를로스를 집 안으로 데리고 들어오려 했지만, 그는 루카의 손을 뿌리치고 도로변에 그냥 주저앉아서 손으로 얼굴을 가리고 울음을 터뜨렸다.

두 시간 뒤, 루카가 여기저기 계속 전화하여 겨우 연락이 닿은 이모부가 돌아왔을 때에도 카를로스는 여전히 그곳에 앉아 있었다.

이모부가 카를로스의 팔을 붙잡았다.

"이런 식으로 알게 해서 정말 미안하다."

하지만 카를로스의 흥분은 가라앉지 않았다.

"난 몰랐어요. 이러려고 그런 게 아니에요."

카를로스가 더듬거리며 똑같은 말을 되풀이했다.

"엄마도 불법 체류자라는 걸, 위조된 사회보험증을 사용한다는 걸, 왜 말하지 않았어요?"

"네 엄마와 난 너희가 불안감에 떨지 않고 자라길 바랐다. 불안은 사람을 미치게 만들지. 우린 그걸 원하지 않았어. 너희가 그 사실을 알았다 해도 우리 생활이 달라질 건 없었을 테니까."

"있었어요!"

카를로스가 갑자기 소리를 질렀다.

"알았다면, 난 절대 그러지 않았을 거예요!"

루카는 그제야 이 재난의 전체적인 모습을 볼 수 있었다.

"이민국에 익명으로 신고를 했다는 사람이 형이구나!"

루카가 카를로스를 붙잡고 흔들었다.

"우릴 쫓아내려고 배신했어! 우리를 강제 출국 당하게 하려고? 형이 정말 싫다!"

"루카, 그건 지나친 생각이다."

이모부가 루카를 카를로스에게서 떼어 놓았다.

"카를로스는 절대 그런 짓을 하지 않았을 거야. 짜증을 내긴 했지만 멕시코 사람들은 자기 가족을 절대, 절대 배신하지 않아! 난 우리 아이들을 그렇게 가르쳤다!"

"아, 그래요?"

루카가 소리쳤다.

"멕시코 사람이 무슨 짓을 할 수 있는지 이모부는 전혀 몰라요! 가족이 모두 만나고 싶어 하는 에밀리오 형은 사막의 강도들을 위해 아빠를 배신했어요. 아빠는 아들의 배신 때문에 죽었다고요! 그리고 이제는 카를로스 형까지. 참 훌륭한 가족이군요!"

"못 믿겠다!"

이모부가 루카를 옆으로 밀쳤다.

"카를로스, 내 얼굴을 똑바로 봐라. 그리고 그게 사실이 아니라고 말해."

하지만 카를로스는 돌로 굳은 듯 미동도 없이 앉아서 땅바닥만 뚫어져라 내려다보고 있었다.

15

그 다음 몇 주, 몇 달은 악몽과 같았다. 처음에는 루카의 엄마와 이모가 어디에 있는지 아무도 몰랐다. 이모부는 이루 말할 수 없이 좌절했고, 그날 밤 당장 카를로스에게 짐을 싸게 해서 내쫓았다.

페르난도도 그날 저녁 집을 나갔다. 루카는 방문에 서서 페르난도가 침실에서 자기 짐을 챙기는 모습을 지켜보았다.

"루카, 날 이해해라. 난 네 엄마를 정말 좋아해. 그리고 상황이 이렇게 되지 않았다면 네 엄마와 결혼했을 거다. 하지만 이제 우리에겐 미래가 없구나. 네 엄마는 강제 출국 당할 거고, 혹시 이리로 돌아왔다가 잡히면 몇 년이고 감옥에 있어야 해."

루카는 아무 말도 하지 않았다.

"엄마에게 면회 가면 내 인사를 전해다오. 내가 잠적해야 한다는 걸 네 엄마도 이해할 거다. 여기 있으면 너무 위험해. 인사 전해 주겠다고 약속해다오!"

그래도 루카는 입을 다물고 있었다. 페르난도는 루카를 한동안 가만히 바라보다가, 다시 가방 위로 몸을 숙이고 남아 있던 물건들을 챙겼다.

"날 그렇게 바라보지 마라. 설마 내가 네 엄마와 함께 자발적으로 멕시코로 가야 한다고 믿는 건 아니겠지? 이것 봐, 루카! 너 정말 그렇게 믿는 거야? 말도 안 돼! 내 생활의 기반은 여기에 있어…. 왜 아무 말도 하지 않지?"

루카는 계속 침묵했다. 페르난도는 마침내 짐을 다 싸고는 작별 인사로 루카에게 악수를 청했다.

"잘 지내라! 그리고 엄마에게 인사를 전해다오."

루카는 페르난도가 지나가게 한 걸음 뒤로 물러났다.

페르난도가 나가고 아래층 문이 닫혔다. 루카는 침실로 들어가 페르난도가 잠을 자던 쪽의 침대보를 걷어 세탁기에 넣고 그의 베개와 이불을 치운 다음, 엄마 쪽의 침대보도 새로 깔았다. 그러고 나서 진공청소기와 걸레로 페르난도의 흔적을 말끔히 없애 버렸다.

마지막으로 루카는 배낭에서 칼라베라를 꺼내 이제 주인이 없어진 침대의 한쪽에 놓고, 자기가 한 일을 만족스럽게 바라보았다.

희망과 절망 사이를 오가며 기다리는 동안 몇 주, 몇 달이 지나갔다. 베로니카의 아빠를 통해 훌륭한 변호사를 얻은 덕분에 엄마와 이모는 적어도 감옥행만은 면할 수 있게 되었다.

두 사람은 멕시코로 강제 출국 당했고, 미국 땅에 평생 발을 들여놓을 수 없다는 판결을 받았다. 또다시 잡힐 경우에는 몇 년이나 감옥에 갇혀야 했다….

…티후아나에 있는 카사 델 미그란테의 눈물나무 아래 모여 있던 사람들은 한참 동안 아무 말도 하지 않았다. 그렇게 침묵이 흐른 한참 뒤에 마누엘이 입을 열었다.

"그 시위는 엄청난 성공을 거두었어! 신문에서 봤어. 모두 합쳐서 100만 명이 시위에 참가했대. 베트남 전쟁 이후 최대 규모의 시위였어! 맥도날드 종업원들조차 할 일이 없어 놀았다더군. 손님이 없었대! 모두 토르티야만 먹은 거지. 그날 미국 경제가 입은 타격은 수백만 달러였대! 라티노의 힘, 참 대단하지!"

"엄청난 성공?"

루카가 말을 꺼냈다.

"나한테 그날은 오히려 끔찍한 악몽이었어!"

"그러지 마! 우리 없이는 아무 일도 할 수 없다는 걸 보여 준 날이었어! 카를로스라는 사람은 꼭 그날이 아니었더라도 네 엄마를 배신했을 거야. 그런데 네 엄마는 지금 어디 계셔? 그리고 넌 어떻게 여기 오게 된 거지? 너도 체포당했어?"

루카는 아무 대답도 하지 않고 눈물나무 가지 사이로 파란 하늘을 올려다보았다. 아주 작은 구름 한 조각이 나무 위를 지나가고 있었다. 구름이 더 이상 보이지 않자 루카는 자리에서 일어나 나무를 돌아 안마당 끝으로 걸어갔다. 작은 구름이 다시 보였다. 카사는 도시 위쪽의 언덕에 자리 잡고 있어서 2미터 높이의 금속 담장을 볼 수 있었다. 담장은 탐조등 탑과 함께 산과 계곡을 언덕 위와 아랫부분으로 나누었다.

여기 티후아나에서 눈에 띄지 않고 국경을 넘을 수 있는 사람은 아무도 없다. 작은 구름만 빼고는. 구름은 국경경찰의 손이 미치지 않는 높은 곳에서 미국 영토로 날아갈 수 있었고, 바람의 방향이 바뀌면 아무런 방해도 받지 않고 다시 멕시코로 돌아왔다.

루카를 따라온 마누엘이 루카의 옆구리를 찔렀다.

"이것 봐, 이야기를 하다 말고 그만두면 어떡해?"

"사람이 구름이라면 좋겠다!"

루카가 말했다.

"아니면 새이거나."

마누엘이 국경 바로 위를 오가며 서로 쫓는 갈매기 두 마리를 가리키며 말했다.

둘은 한동안 새들을 바라보며 서 있었다.

"저기 비행장 보여? 그리고 그 앞의 담장도? 우리 아빠 십자가를 거기에 달고 싶어."

"네 엄마는 어디 계셔?"

"그때 이후로 못 만났어. 미결수 감옥으로 찾아가는 일은 너무 위험했으니까. 디에고 이모부만 면회를 갔었지. 엄마와 이모는 지금 이곳 감옥에 계셔."

"너는 어떻게 여기 오게 됐어?"

"엄마를 혼자 둘 수 없었어. 엄마와 이모가 다음 날 자리를 옮기게 된다는 소식을 듣고, 난 칼라베라를 챙겨서 여기로 왔어."

루카가 나지막이 웃었다.

"국경을 건너는데 아무도 잡지 않더라."

"자발적으로 이쪽으로 오는 사람은 한 명도 없으니까. 네 이모부는 뭐라고 하셨어?"

"떠난다고 말하지 않고 나왔어. 편지만 한 통 남겼지."

"베로니카는?"

루카가 고개를 저었다.

"난 엄마랑 같이 삼촌에게 돌아갈 거야. 어쩌면 일단 여기 티후아나의 공장 어딘가에서 돈을 벌지도 모르고. 엄마가 감옥에서 나오면 다시 생각해 봐야지."

"다시 건너갈 생각은 없어? 너희 엄마랑 말이야. 고등학교며 베로니카, 네가 새로 사귄 친구들…."

"글쎄, 어쩌면 나중에. 지금은 어쨌든 엄마를 혼자 둘 수 없어."

"그럼 미겔 형은? 네 형은 왜 안 와?"

"형은 아이들과 아내가 있고, 파트리시아 누나는 지금 졸업 준비 중이니까."

"에밀리오 형은?"

루카는 바지 주머니에서 쪽지를 하나 꺼냈다. 에밀리오 형의 모습을 자세히 묘사한 글 옆에 로스앤젤레스 마르타 이모의 전화번호가 적힌 쪽지였다.

"여기 게시판에 붙이려고."

마누엘이 무슨 소리냐는 듯한 표정으로 루카의 옆모습을 멍하니 바라보았다.

"네 형은 노갈레스에 있어. 여기서 1,600킬로미터도 넘는 거리야. 네가 자기를 찾는다는 걸 네 형이 어떻게 알겠니? 이런 방법으로는 절대 찾을 수 없어!"

"내가 형을 찾으려고 한다고 누가 그래? 난 이모부에게 형을 찾는 쪽지를 붙이겠다고 약속할 수밖에 없었어. 하지만 이모부는 어디에 붙이라고는 말하지 않았어."

"네 엄마도 에밀리오 형에 대해서 알고 있어?"

"몰라! 엄마한테 말하지 말라고 이모부에게 부탁했어. 아빠 유골을 사막에서 찾았다는 이야기만 전해 달라고 했지.

아무 이야기나 지어내서 말하라고, 제발 진실만 말하지 말아 달라고 했어."

"네가 칼라베라를 1년 전부터 배낭에 넣어 가지고 다닌 다는 것도 네 엄마가 알아?"

루카가 고개를 끄덕였다.

"이모부가 사진을 찍어서 감옥에 계신 엄마에게 보여 줬어. 칼라베라를 할머니 무덤 옆에 묻으려고 해."

"에밀리오 형은?"

루카가 어깨를 으쓱했다.

"몰라. 어쨌든 찾지 않을 거야. 영원히 행방불명이라 해도 나랑은 상관없어."

두 친구는 오후에 비행장으로 향하는 길을 함께 걸어갔다. 길은 담장과 나란히 나 있었다. 2미터 높이의 금속 담장은 군데군데 녹 때문에 작은 구멍이 생겨, 그 틈새로 건너편을 넘겨다볼 수 있었다. 강은 이맘때쯤이면 말라 있었고, 배수구에서 나오는 가는 물줄기만 흘러 들어왔다. 사방에서 썩는 냄새가 풍겼다.

담장이 아직 없었을 때는 강을 건너서 국경을 넘으려는 사람들이 많았다. 홍수가 났을 때도 마찬가지였다. 지금 같은 계절, 국경의 이 구간에서 가장 많은 사망자가 발생했다.

루카는 담장을 따라 좁은 모랫길을 걸었다. 자동차들이

옆에서 쏜살같이 질주했지만, 루카는 담장에 걸린 십자가들에만 눈을 주었다. 눈이 닿는 저 멀리까지 하얀 십자가들로 가득했다. 모두 루카가 만든 십자가처럼 얇고 하얀 나무판자 두 개에 못질을 한 똑같은 모양이었다.

"여기 좀 봐, 루돌포 키노네스 하우레기는 겨우 열여섯 살이었네!"

마누엘이 비문을 가리키며 말했다.

"너처럼 소노라 출신이야. 작년에 죽었다."

십자가는 모두 국경에서 죽은 사람들을 위한 것이었다. 여자와 남자와 아이들…. 비문은 멕시코 지도처럼 보였다. 팔레몬 곤살레스, 22세, 게레로 출신. 아나 마리아 바르가스, 33세, 멘도사 출신. 마리아 돌로레스, 40세, 시날로아 출신. 전국 곳곳에서 온 사람들이 사막과 국경의 강에서 숨졌다.

"노 이덴티피카도(신원 미상)."

시체가 발견되기는 했지만, 누군지 밝혀지지 않은 사람들을 위한 십자가도 몇 개 있었다. 유족들은 이 사람들의 소식을 영원히 듣지 못할 터였다.

"다른 쪽으로 가 보자. 여긴 네 십자가를 걸 자리가 없어."

마누엘의 말이 옳았다. 하얀 십자가의 물결은 끝이 없었다. 둘은 담장을 따라 시내 방향으로 발걸음을 옮겼다. 그러다 한 곳에서 화려한 색깔을 칠한 관들을 보았다. 꽃과 해골들이 관을 장식하고 있었다. 그 위에 해당 연도와 사망자 수가 적혀 있었다. 지난 10년 동안 죽은 사람들은 모두 3,700명이 넘었다. 날이 갈수록 사망자 수가 늘어났다.

종이로 만든 머리와 먼지가 묻은 바지, 찢어진 스웨터가 붙어 있는 채색된 십자가 하나가 눈에 띄었다. 그 옆에 루카의 십자가를 걸 빈 공간이 있었다.

루카가 못 세 개로 십자가를 벽에 붙이고 말했다.

"우리 아빠가 우리의 기억 속에 영원히 살아 계시도록…."

카사로 돌아와 보니, 멕시코 국경경찰로부터 오랫동안 기다렸던 전화가 와 있었다. 모레 루카의 엄마와 이모를 감옥에서 내보낸다는 소식이었다.

"이제 어떻게 할 거야?"

마누엘이 물었다.

"몰라! 일단 마을로 돌아가서 칼라베라부터 물어야겠지."

"네 형에게 전화해. 작별하기 전에 가족 모임을 한번 해야지."

"가족 모임?"

루카는 너 지금 제정신이냐는 표정으로 친구를 바라보았다.

"여기 왔다가는 돌아갈 수 없어. 그 사실을 잊었어?"

"기다려 봐! '유리 국경'으로 가면 돼!"

다음 날 아침, 마누엘은 루카를 국경과 붙은 해변으로 데리고 갔다. 이곳의 담장은 모래에 박혀 있는 말뚝뿐이었다. 말뚝 사이로 양쪽에서 서로를 건너다볼 수 있었고, 통과할 수 있는 자리도 있었다.

아이들과 청소년들은 이렇게 통과할 수 있는 국경을 지나 미국 쪽의 바다에 발을 담그기도 했다.

루카가 놀라서 마누엘에게 물었다.

"우리가 왜 사막을 지나는 수고를 해야 했지? 여기서는 아무런 방해도 받지 않고 담장을 지나갈 수 있잖아!"

루카가 말뚝을 비집고 지나가 미국 쪽의 모래 위에 섰다.

"방해받지 않는다고?"

마누엘이 미국 쪽 산 위에서 이곳 해변의 모든 움직임을 망원경으로 관찰하는 국경경찰의 차 두 대를 손가락으로 가리켰다.

"어디 한번 해변을 100미터만 달려 봐라. 저 사람들이 얼마나 빨리 아래로 내려오는지 보게 될 테니…. 루카, 그러지 마! 농담이었어! 루카!"

루카는 마누엘이 말리는 소리를 듣지 않고 마구 내달렸다. 해변을 따라 100미터, 200미터를 계속 달린 다음에야 멈춰 서서 경찰차를 흘낏 바라보았다.

경찰차 한 대가 서서히 움직이기 시작하더니 해변을 향해 모랫길을 내려왔다. 루카는 자기 쪽으로 오는 경찰차를 지켜보다가, 뒤돌아서서 담장을 향해 달렸다.

차가 그의 뒤를 쫓았지만, 루카는 강도 높은 크로스컨트리 러닝으로 단련된 몸이었다. 숨이 턱에 차서 되돌아온 루카가 담장을 비집고 들어왔다.

사람들이 모두 박수를 쳤다.

마누엘은 안도의 한숨을 내쉬면서도 루카에게 화를 냈다.

"저 경찰들은 놀림당하는 거 싫어한다고! 널 가둘 수도 있었어. 그러면 내가 너희 엄마에게 뭐라고 말해야 하지?"

"나 안 잡혔잖아."

마누엘은 산 위에 올라가 담장을 가리켰다. 이곳 담장은 철조망으로만 되어 있었다. 미국 쪽 땅에는 의자와 식탁들이 놓인 커다란 주차장이 있었다.

"미국 사람들은 주말에 여기서 소풍을 즐기지. 그리고 너희 가족처럼 헤어져 있는 멕시코 가족들이 만나는 장소이기도 하고."

담장을 따라 양쪽에 사람들이 몇 명씩 무리지어 모여 있었다. 양쪽에 앉은 사람들은 담장 너머로 음료수와 음식을 건네기도 하고, 함께 이야기를 하며 웃었다. 아이들은 담장을 사이에 두고 축구공을 서로에게 넘기며 즐겁게 소리 질렀다.

하지만 양쪽을 가로막은 담장은 이렇게 평화로운 풍경에 방해가 되었다. 담장은 지금 이 소풍이 평범한 소풍이 아니라, 두 개의 세계에서 살고 있는 가족들이 서로 얼굴을 보고 이야기를 나눌 수 있는 유일한 기회임을 말해 주었다.

"미겔 형에게 전화를 걸어서 내일 이리로 오라고 해. 네 누나와 이모부도 함께 말이야. 우리가 네 이모와 엄마를 이리로 모셔 오자."

다음 날 아침 루카와 마누엘은 음료수와 케이크, 구운 닭다리와 여러 가지 먹을 것들을 사서 담장 옆에 소풍 나온 사람들처럼 자리를 폈다. 칼라베라는 커다란 바위 위의 상석을 차지했다. 루카는 그 위에 모자를 씌웠고, 마누엘은 입에 담배를 물렸다.

준비가 끝나고 마누엘이 차려 놓은 것들을 지키고 있는 동안, 루카는 감옥으로 갔다.

한참을 기다려서야 문이 열리고 사람들이 나오기 시작했다.

루카는 얼른 달려가 엄마를 얼싸안았다.

엄마는 루카를 품에 꼭 끌어안고 낮은 목소리로 말했다.

"네가 마중을 와서 참 좋다."

엄마는 더 말랐고, 아파 보였다. 마르타 이모도 몇 달 동안 감옥에 있었던 티가 났다. 이모의 머리카락은 모두 하얗게 세어 버렸다.

세 사람은 버스를 타고 해변으로 향했다. 루카는 엄마와 이모에게 소풍을 간다는 말만 했다. 몇 달 동안 감옥에 있었던 두 사람은 바닷가의 맑은 공기를 쏘이게 되었다며 기뻐했다. 루카는 마누엘 이야기는 했지만, 가족들이 모인다는 말은 하지 않았다. 가족이 정말 모일 수 있을지 루카도 알 수 없었기 때문이다.

루카는 또 칼라베라를 놓아둔 게 잘한 일인지도 걱정스러웠다. 엄마에게 그 사실을 조심스럽게 알리려고 했지만 뭐라고 말해야 할지 알 수 없었고, 그러는 동안에 말할 기회를 놓치고 말았다.

엄마는 칼라베라 앞에 오랫동안 서 있더니 칼라베라를 쓰다듬으며 한숨을 내쉬었다.

루카는 이모를 한쪽 옆으로 잡아당겼다.

"이모, 언제 돌아갈 거예요?"

"코요테에게 줄 돈이 생기면 바로 가야지. 네 이모부가 얼른 돈을 가지고 오면 좋겠다."

"하지만 잡히면 감옥에 가요!"

"나 혼자 여기 있을 수는 없잖니? 우리 가족은 어떻게 하고?"

"이모가 합법적으로 미국에 갈 수 있도록 이모부가 변호사를 알아보고 계세요."

"그거야 몇 년이나 걸리는 일이고, 또 아마 그런 식으로는 해결이 되지 않을 거야. 난 이제 전과자니까. 코요테에게 줄 돈만 생기면 체류허가서 없이 그냥 갈 생각이다."

루카는 뭔가 말을 하려고 했지만, 마누엘이 고개를 저었다.

드디어 만남의 시간이 되었다. 루카는 미겔 형의 낡은 포드 차가 주차장으로 힘겹게 올라가는 모습을 맨 먼저 보았다.

파트리시아 누나와 넬라, 미겔 형과 두 조카가 차에서 내려 손을 흔들며 담장으로 달려왔다.

가족들은 담장 사이로 서로의 손을 맞잡고 흔들었다. 모두 기뻐했다.

하지만 마르타 이모는 우울한 표정이었다.

"네 아빠는?"

이모가 딸에게 물었다.

"시카고 쪽 어딘가에 계세요. 휴가를 얻을 수 없었어요. 변호사를 사려면 돈을 모아야 하니까."

이모가 담장 사이로 넬라에게 케이크 한쪽을 건네주었다.

"카를로스는?"

넬라가 고개를 저었다. 카를로스는 그날 밤 자기 짐을 들고 사라졌다. 아마 여자 친구 집에서 살고 있는 모양이었다. 집에는 더 이상 모습을 나타내지 않았다.

"아빠가 오빠를 보고 싶지 않대요. 오빠는 우리 가정을 파괴했어요."

이모가 한숨을 내쉬었다.

"내가 다시 갈 수 있다면 좋겠다. 불쌍한 녀석 같으니라고!"

"가서 어떻게 하시게요?"

루카가 화를 내며 물었다.

"형을 안고 용서하시려고요? 지금 우리가 담장을 사이에 두고 이렇게 있어야 하는 게 바로 형 때문이라고요!"

"그래, 맞아! 오빠가 우리 가정을 파괴한 거야!"

마르타 이모가 울음을 터뜨렸다.

"원래는 좋은 아이야!"

루카 엄마가 이렇게 말하고는 이모의 어깨를 토닥여 주었다.

"이렇게 되길 바란 게 아니야!"

"하지만 우리가 쫓겨나길 바랐죠!"

루카의 말을 이모가 받았다.

"그 아인 지금 시간을 거꾸로 돌릴 수만 있다면 뭐든 하려고 할 거다. 내 말을 믿어도 좋아. 그리고 카를로스가 무슨 짓을 했든, 그 아이는 영원히 내 아들이다."

미겔의 아이들이 담장 건너편에서 축구공을 가지고 놀고 있었다.

"후안, 공 이리로 던져 보렴!"

공이 담장 위로 높이 날아서 루카의 발 앞에 떨어졌다. 루카는 공을 건너편으로 차서 돌려보냈다. 아이들이 환호성을 질렀다. 공이 이편에서 저편으로 오가는 모습을 국경경찰이 지켜보았다.

'사람이 공이라면 좋겠다.'

루카는 생각에 잠겼다. 아니면 구름이거나 비둘기라서 날 수 있다면 얼마나 좋을까. 그냥 몸을 훌쩍 일으켜 자리에서 떠올라 담장과 국경이 있는 땅바닥을 공중에서 볼 수 있다면.
　마누엘이 기타를 꺼내 들고 직접 작곡한 멜로디에 자기 조상 아스텍 사람들의 시를 붙여 노래했다.

"우린 잠만 자러 오는 것,
우린 꿈만 꾸러 오는 것
사실이 아니에요, 사실이 아니에요
우리가 살려고 이 땅에 온다는 말은"

"에밀리오만 빠졌구나!"
엄마가 말했다.
"잘 지내고 있는지만이라도 알았으면 좋겠다!"
　루카 옆에 앉아 있던 마누엘이 루카를 찔렀다. 하지만 루카는 축구를 하는 아이들을 바라보며 엄마의 말을 듣지 못한 척했다.
"에밀리오 로드리게스?"
　마누엘이 뭔가 생각난다는 듯이 이마를 찡그렸다.
"에밀리오를 아니?"
　루카 엄마가 금방 흥분해서 물었다.

"아닐 걸요!"

루카가 두 사람의 대화를 자르며 친구에게 경고의 눈빛을 보냈다.

"마누엘은 노갈레스에 간 적이 전혀 없으니까요."

"안다고 말할 수는 없어요."

마누엘이 루카의 눈길을 피하며 대답했다.

"하지만 그 형에 대해서 들은 적은 있어요. 노갈레스 사막에서 코요테로 일한대요."

마누엘 옆에서 루카가 숨을 가쁘게 몰아쉬었다.

"아주 뛰어난 코요테라고 들었어요."

"코요테라고?!"

엄마와 이모, 미겔 형과 파트리시아 누나가 모두 기절할 듯 놀랐다.

"코요테면 안 될 이유라도 있어요? 그 형은 사람들이 안전하게 사막을 건너게 하는 코요테들 가운데 한 명이래요. 강도들과 손을 잡고 있는 코요테들보다 훨씬 낫지요."

가장 먼저 입을 연 사람은 미겔이었다.

"에밀리오 형은 사막을 잘 알아. 분명히 돈을 잘 벌 거야. 그래서 그렇게 많은 돈을 보낼 수 있었던 거로구나."

"그래서 편지를 쓰지 않았던 거고. 창피하다고 생각한 모양이야."

파트리시아가 덧붙여 말하고, 잔을 높이 들었다.

"하지만 살아 있잖아! 우리 건배하자!"

"그래!"

엄마가 작은 목소리로 말했다. 행복한 미소가 엄마의 얼굴 위로 스쳐 지나갔다.

"오렌지를 수확하는 일꾼이라면 내 마음에 더 들었겠지만…. 하지만 중요한 건 에밀리오가 살아 있다는 거야! 착한 아이니까 우리에게 자기 소식을 전하지 못한 이유가 분명히 있을 거다!"

'있고말고요. 얼마나 끔찍한 이유라고요!'

루카가 속으로 말했다. 가족이 그 이유를 알면 아무도 지금 에밀리오 형을 위해 건배하자고 하지 않을 텐데! 다른 사람들이 모두 잔을 높이 드는 동안, 루카는 잔이 뭔가에 부딪쳤다는 듯이 행동했다. 잔이 쓰러지고 오렌지 주스가 모래에 스며들었다. 마누엘이 에밀리오 이야기를 할 때부터 계속 루카를 관찰하던 미겔만 빼고는 아무도 루카의 이상한 행동을 눈치 채지 못했다.

"언젠가는 돌아올 거야. 난 확신한다!"

엄마가 말했다.

"그러면 모든 것에 대해 해명하겠지. 그런데 루카, 넌 왜 에밀리오를 만나지 못했니? 너 노갈레스에 있었잖아."

루카가 침을 꿀꺽 삼켰다.

"노갈레스에는 코요테가 여러 명 있어요."

마누엘이 루카를 돕기 위해 끼어들었다.

"그리고 루카는 하룻밤만 거기서 묵었고요."

"루카, 다시 한 번 가라. 가서 형을 찾아서 형이 어떤 일을 하는지 우리가 안다고 해. 우리가 집에 왔다고, 형도 와야 한다고 말해라. 그리고 아빠를 마을에 묻으려 한다는 말도 전해. 장례를 지낼 때 네 형도 옆에 있었으면 좋겠다. 네 아빠도 그걸 원할 거야. 루카, 그런데 너 지금 내 말 듣고 있니? 루카, 얘야! 너 왜 그러니? 얼굴이 아주 창백하구나!"

마누엘이 루카의 팔을 잡아끌었다.

"물가에 데리고 가서 얼굴 좀 식히고 올게요."

루카는 모래에 발이 빠져 비트적거리며 마누엘 뒤에서 걸었다. 바닷가에 도착하자 신발을 벗고는 목이 물에 잠길 때까지 비틀비틀 걸어 들어갔다. 그러고는 머리를 물속으로 집어넣었다.

"미안해!"

옆까지 따라온 마누엘이 말했다.

"하지만 그렇게 해야겠더라!"

"아, 그래? 왜 그래야 했지? 내 일에 참견할 필요 없었잖아!"

"네 이모가 카를로스 형에 대해 하는 말 들었어?"

"하지만 그 경우에는 적어도 죽은 사람은 없었어!"

"네가 네 엄마 대신 결정해서는 안 돼. 에밀리오 형이 살아 있다는 걸 네 엄마가 알아야지."
"형이 무슨 짓을 했는지 말하지 않을 거야."
"그래, 말할 필요 없어. 그건 네 형이 직접 해야 돼. 하지만 네 형을 찾아서 아빠 장례를 지낸다는 말을 하는 게 좋겠어. 그 말을 듣고 네 형이 어떻게 할지, 엄마에게 무슨 해명을 할지는 형의 문제야. 그리고 그 말을 듣고 네 엄마가 어떻게 행동할지는 엄마의 문제고. 네 엄마에게 적어도 그렇게 할 기회는 드려야지…. 조심해! 상어다!"

마누엘이 루카를 너무 세차게 뒤로 잡아당겨서 둘은 넘어져 물에 빠졌다.

그러나 상어가 아니라 미겔 형이었다. 국경경찰이 주차장의 다른 쪽을 보고 있는 동안 미겔은 담장에서 10미터밖에 떨어지지 않은 물가로 다가와서 살그머니 물속에 잠수한 것이다.

미겔이 헐떡이며 숨을 들이마셨다. 물 밖으로 나온 것은 머리뿐이었다. 젖은 머리카락이 얼굴에 어지럽게 붙어 있었다.

"바키타(곱등어과의 쇠돌고래)였구나!"

서서히 충격이 가라앉은 마누엘이 농담을 했다.

"에밀리오 형이 다른 뼈도 묻었어?"

미겔이 두 사람에게 다가오며 물었다.

루카가 놀라 뻣뻣하게 굳은 채 미겔을 바라보았다.

"난… 나 그게 무슨 말인지 모르겠는데."

"형이 왜 너한테 칼라베라를 주었지?"

"짐승들 때문에. 파헤치니…."

루카는 뒷말을 그냥 삼켰다. 하지만 미겔은 대답을 이미 충분히 알겠다는 듯이 고개를 끄덕였다.

"그러니까 너 정말 형을 만났구나?"

미겔의 말은 질문이 아니라 확인이었다. 루카는 머리를 끄덕이는 수밖에 달리 어쩔 도리가 없었다.

"뭘 했는데?"

"누구? 아빠?"

"루카, 그만둬. 내가 누구 일을 묻는지 잘 알고 있잖아. 사막에서 무슨 일이 벌어졌지?"

루카는 입을 다물었다.

"엄마는 속일 수 있어도 난 못 속여."

"그건 그냥 우연이었어. 에밀리오 형이 우리를 안내했는데, 아빠 무덤을 보여 주었어."

"그런데 네가 그렇게 비밀스럽게 행동하는 이유가 대체 뭐지? 우린 이제 아빠가 돌아가셨다는 걸 모두 알고 있는데."

"엄마한테 말하지 않겠다고 약속할래?"

미겔이 고개를 끄덕이자, 루카는 사막의 무덤에 얽힌 이야기를 모두 했다. 미겔의 눈에 충격이 묻어났다. 루카는 에밀리오 형이 규칙적으로 집에 보내던 돈의 일부가 망명자들을 배신하여 번 돈이었다는 것, 그리고 아빠가 형에게 희생

된 사람들 가운데 한 명이라는 얘기를 들었을 때의 자기 눈도 아마 저랬을 거라고 생각했다.

"엄마가 모르는 게 다행이다."

이야기를 다 들은 뒤에 미겔이 말했다.

"하지만 어쨌든 에밀리오 형은 찾아야 해. 내 생각에는 아빠도 그걸 원하실 것 같다. 형이 엄마에게 직접 말해야지. 그걸로 벌은 충분히 받는 거다. 이제 돌아가자. 안 그랬다가는 눈에 띌 테니."

'바키타에게는 국경이 없는데…'

다시 잠수해서 미국 쪽으로 가는 형의 뒷모습을 바라보며 루카는 생각에 잠겼다. 국경경찰은 내륙 쪽을 살펴보는 중이었다. 경찰은 바키타의 움직임에는 관심이 없었다. 바키타는 미국 정부에서 보호하는 동물이었다.

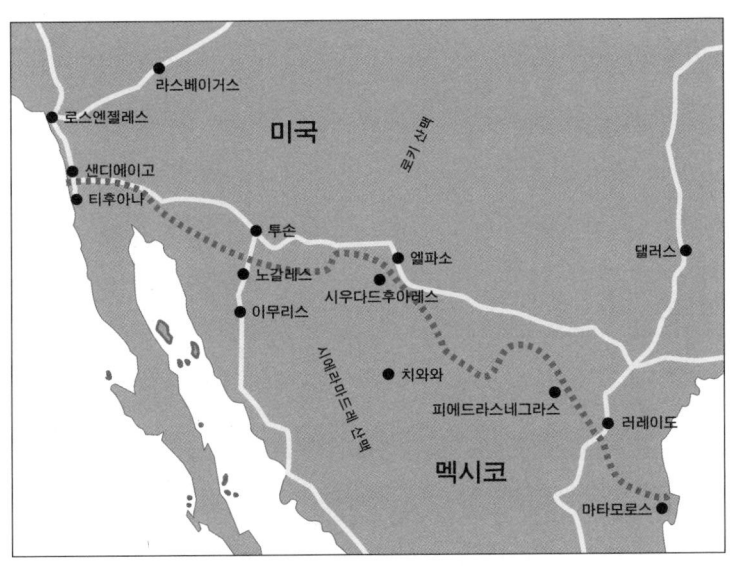

양철북 청소년문학 13

눈물나무

1판 1쇄   2008년 5월 26일
1판 7쇄   2024년 7월 1일

글쓴이   카롤린 필립스
옮긴이   전은경
펴낸이   조재은

펴낸곳   (주)양철북출판사
등록   2001년 11월 21일 제25100-2002-380호
주소   서울시 영등포구 양산로91 리드원센터 1303호
전화   02-335-6407
팩스   0505-335-6408
전자우편 tindrum@tindrum.co.kr
ISBN   978-89-90220-84-4 (03850)
값   14,000원

잘못된 책은 바꾸어 드립니다.